KB163524

정성껏 밥상을 차려 주신

세상의 모든 어머니에게

이 책을 바칩니다.

내 영혼을 위로하는
밥상 이야기

김현 지음 | 조민지 그림

오션북스

어린 시절 어머니가 차려 준
따뜻한 밥상을 떠올려 보세요

    그날은 아버지 제삿날이었다. 여느 해처럼 전을 부치고 나물을 다듬으면서 어머니, 올케와 함께 제사상 차리기에 여념이 없었다. 쪼그려 앉아 생선을 굽고 계신 어머니의 뒷모습을 바라보던 그 순간 불현듯 내 안에 이기적인 감정이 밀려들었다.

    '어머니가 만든 음식을 언제까지 먹을 수 있을까?'

    '누가 어머니처럼 정성 가득한 밥상을 내게 차려 주나?'

    평생 동안 따뜻한 밥상을 마련해 주신 어머니에게 고마운 마음이 들면서도 한편으로는 삶이 유한한 것이 서글퍼졌다. 글로써, 잊혀져 가는 기억을 붙들고 추억의 음식을 다시 음미하고 싶었다.

제사를 지낸 후 가족들 모두가 둘러앉아 늦은 저녁을 먹었다. 각자의 생활에 쫓겨서 바쁘다는 핑계로 오랜만에 모인 자리였다. 유년 시절 먹었던 음식들이 가득한 밥상을 받으니 저절로 생활인의 무거운 짐을 훌훌 내려놓고 감칠맛 나는 이야기 속으로 빠질 수 있었다.

그때 비로소 깨달았다! 밥상에는 신기한 에너지가 있음을…… 밥상은 가장 행복한 순간을 떠올리게 하는 힘이 있다. 나는 음식을 먹으며 기쁘고 슬픈 순간들을 겪었고, 고단하고 지친 내 영혼을 달랬으며, 사람들과 함께 맛과 추억을 나누었다. 누군가 나를 생각하며 정성껏 차린 밥상은 무료한 일상의 깜짝 선물 같다.

그래서일까? 음식에 얽힌 소박한 이야기를 통해 밥상이 주는 행복감을 전하고 싶었다.

어머니가 차려 준 따뜻한 집밥이 그리운 이들에게, 누군가와 어릴 적 추억을 나누고 싶은 이들에게, 녹록하지 않은 삶에 지쳐 재충전이 필요한 이들에게, 상처 입은 자신의 영혼을 스스로 위안하고 싶은 이들에게 행복한 선물이 되기를 간절히 바란다. 말로 표현하지 못한 어머니의 노고에 대한 고마움을 이 책으로 대신하고 싶다.

이 책을 만드는 매 순간마다 어머니가 큰 솥에 오곡밥을 짓는 마음으로 진정성을 담고 정성을 보태려고 노력했다.

따뜻한 밥 한 공기에 감사하며

이 이야기는 밥상을 통해 어른으로 성장한
아홉 살짜리 여자아이로부터 시작한다

바다가 내려다보이는 높디높은 산복도로 동네에 한 소녀
가 살았다. 혼자서는 머리를 매만질 수 없었던 그녀는 일년
내내 검정 고무줄 하나로 긴 머리카락을 질끈 묶고 다녔다.
빨강머리 앤의 감성과 말괄량이 삐삐의 성격을 쏙 빼닮은 그
녀는 새로운 음식에 강한 모험심과 호기심을 발동했다.

그녀는 집 근처 야산에 버려진 그릇이나 병뚜껑, 빙과류
막대 등을 주워서 음식 만드는 흉내도 곧잘 냈다. 널브러진
돌멩이나 흙, 잡초는 소꿉놀이의 중요한 음식 재료였다. 무
더운 날에는 동네 친구들과 바닷가로 몰려가 떠밀려 온 조
개나 해초를 모아 놀이 재료로 활용했다.

그녀는 음식 만드는 모습이 신기하고 좋았다. 방학이면 TV 요리 프로그램을 보며 하루를 시작했고, 어머니가 부엌에서 온갖 제철 재료로 밥상을 차릴 때는 그 옆을 떠나지 않았다. 집안 전체에 밥 뜸 들이는 냄새가 퍼지면 행복한 기분에 저절로 미소가 지어졌다.

밥상에 온 가족이 둘러앉아 이야기꽃을 피우며 음식을 나누는 시간은 그녀의 마음을 살찌웠고, 어린 그녀를 위한 특별식이 있는 밥상은 아니었지만 '집밥'은 언제나 꿀을 바른 것처럼 맛있었다⋯⋯.

글을 시작하며

밥상이 우리의 영혼을 위로해 줄 수 있을까?

이야기 하나.

밥상은 아버지에 대한 추억이다

이야기 둘.

밥상은 어머니에 대한 그리움이다

이야기 셋.

나를 성장시킨 9할은 밥상이다

글을 마치며

글쓴이 · 그린이 소개

밥상은
아버지에 대한 추억이다

아버지 장례식과 육개장

육개장을 먹을 때면 어김없이 아버지 장례식
이 떠오른다. 봄에서 여름으로 넘어가는 그날, 직장 동료들
과 함께 회사 후문에서 나오자마자 모퉁이를 돌아 고가 아
래에 위치한 식당에서 점심을 먹었다. 〈칼국수 전문〉 간판
을 단 오래되고 허름한 그 식당은 특이하게 육개장과 칼국
수를 함께 내놓는 메뉴로 유명했다. 특별할 것 없는 맛이지
만 칼칼한 육개장에 끈기가 없고 부드러운 면발을 양껏 말
아 먹으면 오후 내내 배가 든든했다.

점심을 먹고 사무실로 돌아와 평소처럼 화장실로 가서 이를 닦고 오후 업무를 시작하기 위해 매킨토시컴퓨터 앞에 앉았다. 그 순간, 묵직하고 검은 내 휴대폰이 강한 진동 때문에 책상과 부딪히는 소리가 심하게 났다. 발신자 표시기능이 없던 때라 대낮에 사무실이 아닌 휴대폰으로 걸려온 전화가 누군지 궁금하여 전화를 받았다.

첫째 언니였다. 언니의 목소리가 심하게 떨리고 있었다. "현아, 아버지가 응급실에 실려가셨어. 바로 부산으로 내려와."

전화를 끊고 1분 동안 진공 상태가 된 듯 그 자리에 얼어 있었다. 그리고 정신을 차리고 기계적으로 책상 위를 정리하고 컴퓨터 파일을 저장하고 전원을 껐다. 주섬주섬 가방도 챙겼다. 옆에 앉아 있던 영진이가 이상한 낌새를 채고 별일 없는지 물었다.

"아버지가 응급실에 있대. 지금 부산으로 오래."

나는 지나치게 차분히 말했다. 그러나 얘기를 들은 영진이는 화들짝 놀라며 난리였다. 팀장에게 자초지종을 설명하고 바로 사무실을 빠져 나와 택시를 잡았다.

"김포공항요."

택시를 타자마자 다시 전화가 울렸다. 이번엔 둘째 형부였다.

"처제, 장인어른이 돌아가셨어. 지금 S병원 영안실에 계셔."

혹시나 한 예감이 맞아떨어졌다. 용산에서 김포공항까지 가는 택시 안에서 고장난 수도꼭지처럼 하염없이 눈물이 나왔다. 운전기사는 백미러로 연신 나를 살피며 괜찮은지 물었다. 평일 낮이라 공항은 한산했고 바로 부산행 가장 빠른 비행기를 탈 수 있었다. 비행기 안에서도 내 눈물은 그칠 줄 몰랐다. 스튜어디스도 내게 괜찮은지 물었다.

아버지의 마지막 모습을 보러 가는 길은 멀었다. 김해공항에 내려 다시 아버지가 근무하던 학교 근처 병원까지 택시를 타고 한 시간 가량을 내달렸다. 생각보다 병원은 작았고 장례식장은 허름했다. 제단 위에는 아직 아버지 영정도 놓이지 않은 채 휑했다.

당시 나는 스물 여섯이었다. 부모 잃은 슬픔에 밥이 목구멍으로 넘어가지 않을 줄 알았다. 현실인지 꿈인지 구분이 되지 않았던 첫날은 운다고 경황이 없어서 밥상에 앉지 못했다. 아비 잃고서 배가 고프다는 것이, 밥을 먹는다는 것이 죄스럽게 느껴졌다. 한순간에 남편을 떠나 보낸 어머니와 아버지를 여읜 우리 네 형제는 그렇게 첫날을 굶었다.

우리가 허기를 느끼지 못할 정도의 슬픔에 빠져 있을 때
에도 빈소를 함께 지키는 친척들은 꼬박꼬박 삼시 세끼를 챙
겨먹었다. 그러면서 이모가 우리들에게 말했다.

"죽은 사람은 죽었지만 산 사람은 살아야지. 숙영아, 미
경아, 현아, 밥 먹자."

이튿날, 슬픔만큼은 아니지만 배는 고팠다. 어른들에 등 떠밀려 빈소 옆방에 차려진 밥상에 앉았더니 덩그렇게 육개장이 놓여있다. 먹고 싶진 않았지만 먹어야만 했다. 꾸역꾸역 서너 숟갈 밀어 넣고서 아버지에게 미안한 마음이 들어 수저를 내려놓았다. 그날 점심도, 저녁도, 다음날도 계속 육개장만 먹었다.

'왜 장례식장에선 육개장만 먹을까?'

그날 내가 먹은 육개장은 맵지도 짜지도 않았다. 어떤 맛도 느껴지지 않았다. 단지 그 육개장은 사랑하는 사람을 멀리 떠나 보내는 매개체였다. 그리고 슬픔이었다.

그렇게 실컷 육개장을 마주했던 이후 내 돈 내고 식당에서 육개장을 먹진 않는다. 간혹 상갓집에 가더라도 떡 몇 점 주워먹었지, 육개장엔 손이 가지 않더라.

아버지의 흰쌀밥, 고봉밥

아버지의 밥그릇은 유난히 컸다. 작지 않았던 내 밥그릇의 두 배 반은 족히 넘었다. 어머니는 큰 그릇이 넘치도록 밥을 담았다. 질지도 되지도 않은 하얀 쌀밥만이 그 그릇을 채울 수 있었다. 시골 머슴들이 먹던 고봉밥처럼 꽉 꽉 눌러 담아서는 안 된다. 밥알들이 서로 뭉개지지 않도록 밥주걱을 모로 세워 조심스럽게 채운다.

아버지는 늘 그 밥의 5분의 1가량만 먹었다. 다 먹지도 않는 밥을 왜 수북이 담는지 어린 나는 의아했다.

1980년대 초반까지는 재래식 부엌이었다. 난방을 겸한 큰방 연탄 아궁이에 밥솥을 걸고 밥을 하거나 그게 귀찮으면 부엌 바닥에 놓인 빨간 곤로(풍로의 일본어)에 양은냄비를 올려서 밥을 지었다. 곤로 심지에 불을 붙이는 것은 어린 내겐 도전이었고 많은 용기가 필요했다.

그러다 다행히 불이 붙으면 족히 사십 분은 인내심을 갖고 기다려야 했다. 맛있는 밥은 불 조절이 관건이라서 밥물이 끓으면 중불로 바꾸고 마지막 10분은 뜸 들이는데 심혈을 기울였다.

이렇게 지은 밥은 솥 바닥에 눌어붙은 누룽지가 예술이었는데, 여기에 물을 부어 살짝 끓이면 구수한 눌은밥이 되었다. 어머니는 자식들에게 쌀밥을 먹이기 위해 언제나 이 눌은밥을 먹었다.

유난히 잡곡밥, 특히 보리밥을 싫어하는 아버지를 위해 어머니는 아버지 밥에는 잡곡이 섞이지 않도록 애를 썼다.

"아버지는 왜 보리밥을 안 드세요?"

어느 날 보리밥을 유난히 싫어하는 아버지에게 물었다. 어렸을 때 형편이 어려워서 물리도록 먹었단다. 그래서 보기 싫단다.

다른 식구들은 모두 잡곡밥을 좋아했다. 그래서 잡곡밥을 할 때면 수수나 기장 또는 조 같은 잡곡을 솥 가장자리에 가만히 넣고 흰쌀과 섞이지 않도록 조심스럽게 밥을 지었다.

흰쌀밥에 고깃국.

연세 드신 분들의 한때 로망이었고 수업시간에 북한 얘기를 할 때면 빠지지 않는 북한 주민들의 소망이었다. 아버지에게도 밥그릇에 그득 담긴 흰쌀밥은 배고픈 시절 동경하던 부유함의 밥상이었을 것이다.

하지만 아이러니하게도 흰색의 곡식은 지금에 와선 밥상에서 크게 대접받지 못한다. 하얀 쌀밥과 빵이 당뇨병의 위험을 높이고 복부비만을 가져오며 대사증후군에 걸리기 쉽게 한단다.

1985년 즈음하여 아버지의 수저에는 88올림픽 심볼마크와 마스코트 호돌이가 박혔다. 그 후로 오랫동안 아버지는 돌아가시기 전까지 그 수저를 아꼈다. 지금 아버지 제사상에도 놋수저를 대신하여 그때 그 88올림픽 수저가 올라간다.

아버지 제사상에는 아버지의 의지와 상관없이 꽉꽉 눌러 담은 고봉밥이 젯메(제사상에 올리는 밥)로 오른다.

나는 그 밥을 볼 때마다 '아버지는 저 밥 좋아하시지 않을 텐데……'하는 생각이 든다.

밥상머리 교육

     가족은 대개 부부를 중심으로 그로부터 생긴 자식들을 포함한 구성 집단을 일컫는 말인데 다소 형식적인 단어다. 반면 식구는 같은 집에서 살며 밥을 함께 먹는 사람들을 말하고 정서적인 느낌이 베어있는 단어다. 아마도 '밥을 함께 먹는다'는 것은 단순히 끼니를 때우는 것이 아니라 그 밥상을 통해 사람들 간에 긴밀한 관계 맺음을 의미하리라.

어렸을 적 많이 했던 소꿉놀이도 밥상을 중심으로 한 식
구들의 역할극이다. 우선 아빠-엄마-자식을 정한 다음, 아
빠는 밥상에 올릴 음식을 구하기 위해 일하러 가고 엄마는
마당과 놀이터에 널린 갖가지 재료를 가지고 상상력이 담긴
음식을 만들고 식구들을 위해 밥상을 차린다.

모든 식구들이 아침, 점심, 저녁 밥을 함께 먹는 것이 일상일 때가 있었다. 식구들이 함께 한솥밥을 먹는다는 것, 그게 너무 당연했다.

부모님은 예절 교육을 중요하게 생각했는데 특히 밥상 예절은 더했다. 아무리 배에서 "꼬르르" 소리가 나도 아버지가 수저를 들 때까지 숟가락에 손을 댈 순 없었다. 아마도 가족을 위해 힘들게 일하는 가장에 대한 예우였고 존경심이었던 것 같다.

누구나 밥상 차리는 것을 도와야 했다. 물론 아버지는 예외였다. 오빠가 상을 펴거나 옮겼고, 나는 행주로 상을 닦거나 가족 수에 맞춰 수저를 놓았다. 언니들은 어머니를 돕거나 밥그릇에 밥을 퍼 상으로 날랐다.

손 하나 까딱하지 않은 밥상에서는 자진해서 눈칫밥을 먹었다. 몸에 밴 이 습관은 지금도 여전해서 명절이나 제사상을 차릴 때 누가 뭐라고 하지 않아도 스스로 자기 역할을 한다.

모서리에 앉아도 어른들에게 한 소리 듣기 일쑤다. 상이 비좁고 앉을 자리가 부족해도 모서리만은 허락되지 않았다. 이중 대열로 앉는 것은 납득되어도 모서리에 앉는 순간 '복 날아간다'는 잔소리를 들어야 했다.

다리를 떨어도 안 된다. 어린 시절의 나는 무척 혈기왕성하고 활발한 성격이라 가만히 상에 앉아 있으면 온몸에 좀이 쑤셨다. 양반다리를 하고 앉아서 오른쪽 다리를 무지 떨었는데, 처음에는 장난으로 떨다가 나중에는 고치기 힘든 습관이 되었다. 어른들의 지적을 수차례 받은 후에야 그 버릇은 잦아들었다.

생선을 발라 먹거나 뼈가 있는 음식을 먹을 때는 밥뚜껑이나 여분의 그릇을 가져와서 담았다. 적당한 그릇이 없으면 휴지를 몇 번 돌돌 말아서 거기에 생선뼈를 뱉었다. 이런 사소한 행동이 밥상을 차려주고 치우는 사람에 대한 최소한의 예의라고 배웠다.

매일의 밥상에는 그날 집안의 분위기가 고스란히 반영되었다. 음식물을 씹으며 말을 하지 말라는 불문율이 있음에도 불구하고 평소의 밥상에는 대화가 끊이질 않았다.

그러나 집안 분위기가 좋지 않으면 밥상 분위기는 완전히 달라진다. 침묵일색이었다. 모두 고개를 떨군 채 밥알을 세어가며 강밥(반찬 없이 밥만)을 먹었다.

간혹 형제들이 밥상에서 꾸중을 들을 때면 우리는 조용히 고개를 숙인 채 밥 먹는 것에만 집중했다. 나는 정말 내 밥그릇의 밥알을 세어본 적이 있다. 학년이 올라갈수록 밥상에서 나와 상관없는 잔소리는 한 귀로 들었다가 뇌를 거치지 않고 다른 귀로 내보내는 요령이 생겼다.

밥상에서는 별의별 사건들이 발생한다. 대화가 오가는 도중 기분이 상하기도 하고, 누군가의 실없는 유머에 기분이 좋아지기도 하고, 꺼내지 않아도 될 말에 마음 상하기도 다반사다.

밥상에서 꾸중을 들을 때면 닭똥 같은 눈물이 내 밥 위로 뚝뚝 떨어졌다. 정말이지, 그 밥을 먹고 있으면 짠맛이 났다. 그래도 꾸역꾸역 밥을 삼켰다.

그런데 하나둘 그 밥상에서 일탈했다. 언니 오빠들은 고학년이 될수록 아침은 걸렀고 저녁엔 늦게까지 이어지는 자율 학습으로 밥상에 함께 할 수 없었다. 대학생이 된 후로는 식구들과의 밥상보다 친구들과의 술상이 우선이었다. 어머니는 회사 일이 바쁠수록 밥상에 함께 하기가 힘들었다. 그렇게 밥상머리 교육은 종지부를 찍었다.

과거 밥상이 가족을 연결시키고 나를 교육시켰다면, 현재 밥상은 타인과의 유대 관계를 만들고 여전히 나와 가족을 하나로 인식하도록 만드는 마음의 고리다.

아버지와의 겸상은 나의 즐거움

국민학교(이전의 초등학교 명칭) 2학년 때 혼자서 처음으로 연탄불에 밥을 했다. 그 사건은 내게 일종의 성취감이자 자랑이었다. 그리고 자연스럽게 어렵지 않은 반찬이나 국을 만들 수 있게 되었다.

국민학교 고학년 때부터 중학교 다닐 시기에는 늘 아버지와 단둘이 저녁 식사를 했다. 물론 밥상은 내가 차렸다. 대학 입시를 준비하는 형제들은 한참 학교에서 자율 학습을 할 시간이었고, 맞벌이로 눈코 뜰 새 없이 바빴던 엄마는 제때 저녁 식사를 하러 집에 올 여유가 없었다.

중학교 3학년 때 학급 반장 겸 전교학생회 부회장이었던 나는 당연히 참여해야 하는 자율 학습을 빠뜨리고 정시에 귀가했다. 명목은 집에서 저녁 밥상을 차려야 한다는 이유였는데, 자율 학습을 하기 싫었던 내게 좋은 핑계거리였다.

학기초 학교에 찾아온 어머니는 담임 선생님께 내 칭찬을 이렇게 했단다.

"제가 회사를 다녀서 늦게 집에 들어갈 때가 많은데요, 현이가 저녁을 준비해서 아버지와 함께 식사를 합니다."

그 말을 전해 듣는 순간 칭찬(?)인지 헷갈렸다.

당시 내게 시장을 보고 식사를 준비하는 것은 '놀이' 같았다. 소꿉놀이가 연습 게임이라면 이것은 본 게임이었다. 집 앞에 작은 반찬 가게가 두 군데 있었는데, 아주머니들은 오후 4시쯤 되면 도매 시장에서 장을 봐왔다. 그 시간에 맞춰 가면 신선한 생선이나 야채를 손쉽게 구할 수 있었다.

백 원짜리 서너 개면 저녁 밥상을 위한 생선을 살 수 있었는데 백조기, 고등어, 먹갈치, 납새미(가자미의 방언), 빨강고기(열기), 꽁치, 동태 등이 저렴하여 밥상에 자주 올랐다. 어린 내겐 '구이'가 비교적 조리법이 간단했기에 고등어가 물이 좋으면 고등어구이를, 갈치가 싱싱하면 갈치구이를, 납새미가 저렴하면 납새미구이를 했다.

생긴 모양새가 납작해서 '납새미'라고 불렀다. 제법 도톰하고 담백한 살 때문에 소금 간만 해서 구워 먹거나 간장양념에 조려 먹어도 맛있다. 밥상은 늘 제철의 저렴한 재료로 알뜰살뜰 바뀌었다.

우리는 납새미보다 서대를 좋아했는데, 서대는 납새미보
다 가늘고 길게 생겼다. 먹을 게 없어 보이면서도 잘 발라먹
으면 그 속살이 실했다. 어머니는 알이 꽉 찬 서대를 반나절
꾸덕꾸덕하게 말렸다가 굽거나 조려서 밥상에 냈다. 찜통에
쪄서 붉은 실고추를 뿌려 명절 상에 올리거나 통째로 밀가
루에 노란 계란물을 입히고 기름에 지져 생선전의 모양새로
제사상에 올리기도 했다.

아버지는 국 없이 반찬만 있는 마른밥은 먹지 않았다. 어머니는 늘 국거리를 준비해야 했고 집에 들어와 저녁 밥상 차릴 여유가 없을 때에는 큰 냄비에 국을 가득 끓여 놓고 출근했다. 아버지는 같은 음식을 반복해서 먹는 것을 싫어했다. 간혹 아침과 같은 국이 싫다고 할 때면 나는 저녁상에 보리차를 살짝 데워서 대접에 부어 놓았다. 그러면 아버지는 보리차 한 숟가락으로 목을 적신 후 식사를 시작했다.

아버지는 저녁 식사를 하면서 반주를 즐겼다. 정말 딱 반잔이었다. 오리지널 OB상표가 붙은 맥주 글라스에 소주를 반잔 부어서 천천히 음미하며 마셨다. 그때는 몰랐는데 지금 생각해 보면 아버지는 직장 생활의 스트레스와 삶의 무게를 그 술잔에 부어서 저녁마다 마신 것 같다.

아버지와 나는 동그란 상을 앞에 두고 겸상을 했다. 밥을 먹으며 세상 돌아가는 이야기를 나누었다. 그러다가 저녁 뉴스를 진행하는 아나운서나 가요 프로그램에 나온 가수가 발음을 잘못하기라도 하면 '이때다' 싶을 정도로 바로 지적을 하며 올바른 용법을 설명했다. 다분히 국어 교사다운 면모였다. 우리들이 불필요하게 된소리와 거센소리 발음을 많이 쓴다는 사실을 그때 알게 되었다.

'만약 아버지와 지금 저녁 밥상에 앉아 텔레비전을 본다면 어떨까?'

아버지는 식사 내내 바른말을 설명한다고 제대로 된 식사는 할 수 없을 것이다. 남발하는 신조어와 철자에 맞지 않는 줄임말, 어린 친구들의 짧고 공격적인 단어들(은어와 속어) 때문에…….

담임 선생님을 했던 아버지가 학생들에게 '담탱이'라고 불리는 게 상상이 되지 않는다.

그렇게 나는 아버지와 함께 한 겸상에서 가정 교육과 국
어 교육을 받았고, 아버지의 철학, 정치색, 사회 가치관 등
을 낱낱이 느낄 수 있었다. 그 시간은 어머니도, 형제들도
가지지 못한 나와 아버지 단둘만의 추억이다.

아버지와 절편

     우리들은 '떡순이'라는 별명이 무색하지 않을 정도로 일상생활에서 떡을 즐겨 먹었다. 축하할 일이나 슬픈 일이 있을 때에는 떡을 만들고 나누었다.

     어머니는 백설기나 무지개떡처럼 멥쌀과 설탕만 있으면 쉽게 만들 수 있는 단순한 떡을 좋아했다. 나는 고물이 푸짐하게 들어간 메떡(멥쌀로 만든 떡)을 좋아했는데, 진초록 쑥설기나 콩을 수북이 올린 콩떡, 호박오가리를 넣은 호박떡을 선호했다. 노란 콩고물이나 녹두 고물을 올린 메떡도 좋았다.

아버지와 형제들은 도장떡(절편)이나 찹쌀가루에 팥이나 콩, 밤, 견과류를 넣은 쇠머리떡(구름떡)을 좋아했다. 이 떡을 썰면 소머리를 누른 편육 모양을 닮기도, 구름 모양을 닮기도 했다.

가래떡은 사나흘 정도 말려서 섣달 그믐날 밤이 되면 가족들이 큰방에 둘러앉아 한석봉 어머니처럼 떡을 썰었다. 너무 마른 떡은 칼이 들어가지 않아서 손이 금새 벌겋게 부어 올랐다.

나는 찰떡처럼 식감이 변해버린 가래떡을 좋아하지 않았
지만, 설 연휴 점심 밥상에는 어김없이 전날 밤 썬 가래떡으
로 만든 떡국이 올라왔다.

멸치와 디포리를 반씩 섞어 낸 시원한 국물에 약간 불은
가래떡이 수북이 담기고 그 위에 계란 지단과 소고기 볶음,
마른 김 가루, 파 고명이 놓였다.

얼른 어른이 되고 싶었던 나는, "떡국을 먹어야 한 살
더 먹는다"는 어른들의 꼬임에 그 떡국을 겨우겨우 먹었다.

방앗간 담당은 오빠와 나였다. 전날 밤부터 불려 놓은 쌀을 건져 큰 스댕(스테인리스) 대야에 이고 지고 그렇게 큰 길까지 내려갔다. 명절이면 동네 방앗간 모두 사람들로 긴 행렬을 이뤘다. 두세 시간 기다리는 것은 기본이어서 오빠와 나는 번갈아 줄을 서며 차례가 오기를 기다렸다.

언젠가 추석 대목에 대여섯 시간을 기다린 적이 있었는데 동네 할머니, 아주머니들의 수다를 들으며 먼저 만든 사람들의 떡을 얻어먹다 보면 그 시간이 그렇게 지루하지만은 않았다.

내가 기억하는 아버지의 마지막 모습도 떡과 함께였다.

서울에 올라온 후 한두 해는 방학마다 부산 집에 내려갔
다. 이미 생활권을 서울로 옮긴 나는 부산에서 딱히 할 일이
없었으므로 광복동 대각사 옆에 자리한 토플 학원이나 남항
동에 위치한 컴퓨터 학원에서 시간을 보냈다.

그때 부모님은 청학동 산복도로 주택에서 바닷가 동삼동
아파트로 이사한 직후였다. 형제들은 모두 부산을 떠나 타
지에서 정착했고, 바다 위 일출과 오륙도가 내려다 보이는
전망 좋은 고층 아파트에는 부모님만 단둘이 살고 있었다.
어머니는 여전히 회사를 다니며 바빴고 퇴근 시간이 이른 아
버지만 빈집을 쓸쓸히 지키고 있었다. 운전을 하지 못한 아
버지는 늘 어머니에게 "바람 쐬러 가자"는 제안을 하셨다.

20대의 나는 친절한 딸이 아니었다.

무뚝뚝하고 재미없었다. 어린 시절처럼 아버지에게 귀염을 부리고 좋알거렸던 나는 거기에 없었다. 마음으로는 부모님이 안쓰럽고 잘해 드려야지 하면서도 표현은 그렇게 하지 못했다. 당시 나는 대입 실패의 후유증을 겪고 있던 시기였다. 하루 종일 밖을 쏘다니다가 저녁 늦게나 집에 돌아오면 아버지는 혼자 거실 소파에 앉아서 텔레비전을 보고 있었다. 그러다가 20분을 넘기지 못하고 꾸벅꾸벅 졸기를 반복했다. 스마트한 모습의 아버지는 온데간데 없고 이제는 나이 들고 힘없는 아버지가 소파에서 졸고 있었다.

당시 아버지는 천식으로 건강도 좋지 않았다. 작은 방에서 잠을 자고 있으면 새벽녘에 어머니의 다급한 목소리가 나를 깨운다.

"현아, 아버지가 숨을 못 쉬어. 빨리 응급실에 가야 해"

한밤중에 앰뷸런스를 타고 부산대학병원을 오갔던 것도 여러 번이다.

한번은 식구들과 자주 다녔던 태종대 산책로를 걷고 싶어서 부모님께 함께 갈 것을 제안했다. 그런데 아버지가 몇 걸음도 떼지 못하고 중간에 쉬기를 반복하면서 무척 힘겨워했다. 결국 그날 밤, 아버지는 응급실에 실려가셨고 나는 한동안 그 일에 대한 죄책감을 느껴야만 했다. 그 이후부터 아버지가 돌아가실 때까지 나는 부모님과 함께 산책한 적이 없다.

직장 생활을 하면서 내가 부산 집에 간 것은 일 년에 한두 번, 설과 추석 같은 명절이 고작이었다. 그것도 바쁘거나 귀찮으면 전화로 때웠다. 부모님은 그런 나를 나무라지 않고 오히려 타향에서 고군분투하는 것에 마음 아파했다. (그게 아버지가 돌아가신 후 가장 후회되는 일이었지만.)

6개월마다 내려와 뵙는 부모님은 급속도로 나이가 들어보였다. 아버지는 체중이 늘어 예전의 얼굴과 허리 라인은 없어졌고, 어머니는 눈에 띄게 주름이 많아지고 깊어졌다.

　군것질을 하지 않았던 아버지는 혼자 있는 시간이 많아지
면서 부쩍 간식이 잦아졌다. 특히 떡을 많이 드셨다. 집에는
아버지가 좋아했던 절편이 떨어지지 않았다. 40대 중반까지
날씬했던 몸매는 늦은 밤 반복되는 탄수화물 섭취로 망가졌
다. 그렇게 탄수화물이 가득한 절편만이 외롭고 병든 아버
지를 위로하고 있었다.

부모님과 술을 마신다는 것은

아버지는 풍류를 아는 분이셨다. 적당히 술을 즐길 줄 알았으며 친구들과 바둑 두는 것을 좋아했고 가족들과 심심풀이 고스톱을 치길 원했다(나는 아버지가 돌아가신 후 더이상 고스톱을 치지 않는다). 주말이나 방학에는 음악과 영화를 가까이 했으며 독서와 서예로 시간을 보냈다.

아버지가 약주 한잔을 걸치고 퇴근하는 날에는 동네 입구부터 노랫소리가 들렸다. 어머니는 급한 마음에 슬리퍼를 끌며 달려나가 아버지를 모시고 오며 핀잔을 준다.

"남사스러워요. 조용히 좀 하세요."

하지만 아버지는 아랑곳하지 않고 잠이 들 때까지 노래를 멈추지 않았다.

아버지는 일년에 한두 번 필름이 끊길 정도로 거하게 취하기도 했지만 대개 술자리의 여흥을 즐기는 것으로 만족했다. 술상이 무르익을 때쯤 아버지의 노래가 시작되었고 그 노랫가락에 맞춰 젓가락 두드리는 소리도 커졌다.

성악가 같은 성대를 타고나 목청이 좋았던 아버지는 구성지게 가요를 뽑았다. 가수 최진희의 〈사랑의 미로〉를 유난히 좋아했고, 술이 좀 더 취하면 "젖은 손이 애처로워~"라는 가사로 시작하는 하수영의 〈아내에게 바치는 노래〉를 부르며 지그시 어머니 손을 붙잡았다.

아버지는 우리들에게도 노래를 권했다. 앉은자리 순번대로 식구들 앞에서 노래를 한다는 것이 민망한 일이지만 아버지가 선창했기 때문에 모두 동참할 수밖에 없었다. 다만, 자식들 중 아무도 그 성대를 물려받지 못한 것이 아쉬울 뿐이었다.

아버지는 집에서도 술을 즐겼다. 저녁 밥상에는 늘 반주가 올랐고 생일상이나 잔칫상에도 술이 빠지지 않았다. 손님이 오는 날에는 내가 커다란 양은 주전자를 옆구리에 끼고서 집 앞 하꼬방(판잣집의 일본어) 술집에 가서 탁주를 받아왔다. 주전자 목까지 찰랑찰랑 넘치는 우윳빛 술을 흘리지 않도록 연신 조심했지만 내 뒤로 한두 방울씩 떨어지는 술의 흔적은 어쩌지 못했다.

우리 형제들은 성인이 되면서 자연스럽게 아버지에게 술잔을 받았다.

"술은 어른에게 배워야 한다, 술을 마시거나 술자리에도 예의가 있다"는 것이 아버지의 주도론(酒道論)이었다. 하지만 내가 아버지에게 술잔을 받은 기억은 없다.

아버지는 자기 술잔에 먹고 싶은 만큼 따라 마시는 자작 문화나, 하나의 술잔을 주고받으며 마시는 수작 문화보다는 잔을 맞대고 건배를 하고 마시는 대작 문화를 즐겼던 것 같다.

아버지에게 술자리는 사교의 자리였으므로 술을 권하긴 했지만 술잔을 돌리는 것은 싫어했다. 아마도 당시 간염으로 고생하는 사람들이 많았기 때문일 거다.

반면 어머니는 달랐다. 마른 문어를 오리거나 일회용 파란 비닐우산을 만들며 부업을 하던 동네 아주머니들은 가끔씩 낮술을 했지만 어머니는 술을 전혀 못했다. 얼굴이 벌겋게 달아오르는 것이 부끄러웠는지 아니면 술이 써서 그랬는지 명확하진 않지만 아버지 생전에 어머니가 술 마시는 모습을 본 적은 없다.

어머니가 술잔을 드는 흉내를 내기 시작한 것은 아버지가 돌아가신 후였다. 여전히 술맛을 모르는 어머니에게 우리 형제들은 술잔을 권했다. 소주 한잔을 받아두고 식사가 끝날 때까지 그 잔을 비우지 못했던 어머니는 그렇게 명절이나 아버지 제삿날 음복하면서 술을 배워 갔다.

아버지에게 한잔 술은 인생의 친구였다. 적당히 자제력
을 갖고 예의 바르게 대하면 더할 것 없이 좋은 친구.

　　아버지에게 술자리는 사교의 장이었다. 가족, 친척, 친
구들이 모여 허울을 벗고 인간적인 속내를 보이며 소통하
는 자리.

이야기 둘.

밥상은

어머니에 대한 그리움이다

풍요의 시대를 반영한
소고기와 육개장

내게 1980년대는 풍요의 시대였다. 육촌쯤 되는 언니가 남항동 시장에서 정육점을 했다. 시장 한가운데 자리한 그 정육점에 도착할 때까지 어린 내가 뿌리쳐야 하는 유혹들은 너무 많았다. 어머니는 국민학생인 철없는 내게 늘 시장 물건에 대해 이러쿵저러쿵 설명을 했다. 어떤 배추가 맛있는지, 여름에 제철 생선이 무엇인지, 어느 가게 젓갈이 좋은지…… 그렇게 쉴 새 없이 쏟아지는 어머니의 얘기를 듣노라면 어느새 선홍색 불빛이 켜진 정육점 앞에 서 있었다.

나와 육촌 간이라 '언니'라고 불리는 그녀는 하얗고 뽀얀 둥근 얼굴에 눈이 가느다랬다. 크지 않은 키지만 다부진 체형이었고, 시장에서 오랫동안 장사를 해서인지 목소리 톤이 높고 유쾌했다. 언제나 가슴부터 무릎까지 오는 앞치마를 두르고 목장갑을 낀 채 우리를 맞는다.

나는 언니에게 대충 인사를 한 후 여기저기 두리번거린다. 언니가 내 행동을 눈치챘는지, "응, 은주는 학원 갔어"라며 반응을 보인다. 촌수로 따지자면 은주는 내 조카뻘이지만 나와는 피아노 학원을 함께 다닌 동갑내기 절친이었다.

정육점을 하는 친척 언니 덕분에 최소한 속지 않고 고기를 구입할 수 있었고, 신선한 천엽이나 간, 선지, 사골 등 부산물을 공짜로 갖다 먹을 수 있었다.

소고기가 귀했던 1960~70년대에는 소고기가 단순한 음식이 아니라 부의 상징이었다. 명절이나 잔칫상에 소고기가 나오면 그 시절을 힘겹게 살았던 어른들에게서 항상 소고기에 얽힌 추억을 들을 수 있었다.

"그때는 일 년에 두 번 소고기 먹기도 힘들었어."

"어머니는 항상 큰오라버니에게만 소고기를 챙겨 주셨어. 언젠가 제사상에 올린 소고기에 손을 댔다가 엄청 맞았지."

'밥 한 알이 귀신 열을 쫓고, 고기 한 점이 귀신 천을 쫓는다'는 속담이 있듯이, 예전 사람들은 아프거나 쇠약해지면 밥이나 고기만한 것이 없다고 여긴 것 같다. 특히나 고기에 대한 애정은 밥보다 훨씬 강했다. 수입산 때문에 소고기가 흔해진 지금도 이런 습성은 여전히 남아 있다. 다만 소고기가 아니라 한우로 이름이 바뀌었을 뿐.

귀하다는 소고기가 자주 밥상에 올랐을 만큼 우리 집 밥상은 언제나 풍성했다. 월급날이나 토요일에 퇴근하는 아버지 손에는 고기를 싼 신문지가 들려 있었다.

돼지고기를 먹으면 탈이 나는 어머니의 식성도 한몫 거들었다. 김장하는 날이나 아버지의 특별 주문에 의해서만 돼지고기를 먹을 수 있었다. 돼지 수육을 좋아했던 아버지는 가끔씩 돼지고기를 찾았다.

주말 저녁에는 얇게 저민 소고기를 불에 살짝 구워 맛소금과 후추로만 간을 한 로스를 즐겼다. 파전이나 빈대떡의 고소함을 더하기 위해 돼지기름을 사용하는 것처럼, 이 소금구이는 철판에 허연 쇠기름을 내어 구워서 참기름 장에 찍어 먹었다. 고춧가루를 살짝 넣어 무친 파채나 상추 겉절이를 곁들이면 소고기의 느끼함이 싹 달아났다.

국물이 흥건한 불고기도 밥상에 올랐다. 달짝지근하고
간간한 국물에 당면과 시금치, 양파, 대파 등 채소를 듬뿍
넣은 불고기는 휴대용 가스렌지 위에서 자작자작 끓이면서
먹었다. 소고기를 다 건져먹고 그 국물에 밥을 말아먹으면
배가 터져도 좋을 만큼 행복했다.

여름이면 어머니는 여러 보양식을 준비한다. 육개장도 그 중 하나다. 그렇지 않아도 더운데 육개장을 먹어야 하는지 쫑알거리면, 어머니는 이열치열이라면서 칼칼하고 뜨거운 육개장을 먹으면 더위로 지친 몸에 기력을 보충한다는 친절한 설명을 곁들였다.

육개장은 삼복 때 먹는 보양 음식 개장에서 유래했다고 한다. 식용 개를 구하기 힘들거나 개를 음식으로 꺼리는 사람들을 위해 대체 음식으로 만든 것인데, 소고기를 넣은 육개장과 닭고기를 사용한 닭개장이 있다.

육개장에 들어가는 재료를 보면 평소에 자주 먹던 경상도식 소고기국과 비슷하다. 둘 다 밥을 말아먹는다 해서 탕반(湯飯)으로 분류되기도 한다.

하지만 음식을 만드는 어머니 옆에서 서성이며 그 과정을 지켜보고 있노라면, 두 음식이 다르다는 것을 금방 알 수 있다. 소고기국은 소고기를 중심으로 콩나물과 무가 많이 들어간다. 시원한 맛이 강해서 전날 술을 마신 아버지의 해장

국으로도 그만이었다.

    육개장을 끓이는 날에는 소고기 부위 중에서 기름기가
적은 양지 부위를 한 뭉치 사오면서 '두태'라는 쇠기름을 얻
었다. 육개장 맛의 포인트는 이 쇠기름과 고춧가루를 볶은
고추기름에 있다. 포화지방인 이 동물성 기름이 몸에 좋진
않겠지만 육개장 맛을 내는 데 그만한 재료는 없었다. 고추
기름에서 올라오는 기운이 코를 확 파고들 만큼 매캐했다.

육개장은 예전에 본 영화 〈식객〉에 나왔던 조선의 마지막 왕, 순종을 떠오르게 한다. 나라를 잃은 슬픔에 식음을 전폐한 왕에게 대령숙수(조선시대 궁중 남자 조리사)는 마지막 밥상에 한우로 끓인 육개장을 올린다. 순종은 그 육개장을 보고 눈물을 흘리며 깨끗이 비운 후 승하한다.

순종에게 한우 육개장은 조선인의 삶과 조선의 혼을 상징했을 것이다.

어머니가 만든 육개장은 내게 풍요로움이었다. 소고기가 아낌없이 들어가고 국산 토란대와 고사리, 숙주나물, 대파가 듬뿍 들어간 그 시대 밥상의 풍요로움을 상징했다.

생일상과 도다리 미역국

귀빠진 날은 '귀빠지다'는 말에서 유래했는데 세상에 태어난 날, 생일을 의미한다. 어른들에게 이 말을 들을 때마다 그 표현이 참 재미있었다. 아마도 애를 낳을 때 아기의 귀가 나오면 한고비를 넘겼다고 생각했을 것이다.

예전에는 동네 산부인과가 가깝지 않고 형편상 출산비가 부담스러워 병원을 찾지 못하는 경우도 있었다. 동네 골목마다 〈조산원〉 간판을 단 집을 볼 수 있었고 산파 역할을 하는 할머니도 있었다.

어느 날 방과후 집에 돌아왔는데 집안이 평소와 다르게 분주하고 어수선했다. 동네 아주머니들이 큰방을 들락날락 하며 뜨거운 물이 담긴 대야를 가져갔다. 그리고 30분쯤 지 났을까? 아이의 우렁찬 울음소리를 들을 수 있었다. 육촌 언 니의 첫 출산이었다. 그날 어머니는 큰솥 가득 미역국을 끓 였고 아버지는 대문에 짚을 엮어 만든 금줄을 달았다.

빛바랜 사진 속 생일날은 추억의 깊이만큼 즐거움이 가득하다. 상다리가 휘어질 만한 생일상 위에는 동네 유일한 빵집 〈왕비제과〉에서 산 초콜릿크림이 두껍게 발린 케이크가 초에 불을 붙인 채 대기 중이다.

누군가의 "시~작"이라는 소리와 함께 식구들은 생일 축하 노래를 목청껏 불렀다. 음정이나 박자는 중요하지 않았다. 키득키득거리며 마냥 즐거웠다. 노래가 끝나면 카메라를 잡은 사람의 신호에 따라 그날 주인공은 입김으로 촛불을 끈다.

"후~~~"

그리고 이어서 찰칵!

내게 가장 큰 이벤트는 친구의 생일 밥을 먹는 일이었다
(누군가 내 생일을 기억하고 축하한다는 것은 나의 고유성과 정체
성을 인식한다는 의미다).

부잣집이면 풍족한 대로 형편이 어려우면 부족한 대로, 열
댓 명이 떼를 지어 돌아다녔다. 간혹 부모님이 맞벌이하는
친구 집에는 먹을 게 없었지만 문제될 건 없었다. 친구들이
십시일반 돈을 모아 먹을 것을 사 가면 그만이었다. 지금처
럼 맞춤형 출장요리의 화려한 음식이 아니라 과자 나부랭이
가 대부분이었지만 우정을 나누기엔 부족함이 없었다.

왁자지껄한 축하 파티가 끝나면 30분당 백 원짜리 롤러
스케이트를 타거나 일명 '봉봉' 위에서 뛰어 놀았다. 스프링
이 달린 매트 위에서 뛰어오르는 트램펄린을 당시 유행하던
음료수 이름을 따서 그렇게 불렀다.

그마저 돈이 없을 때는 동네 골목에서 비석치기, 오징어땅
콩, 얼음땡, 고무줄뛰기, 딱지놀이, 공깃돌, 술래잡기, 무
궁화 꽃이 피었습니다, 숨바꼭질 등을 하며 시간을 보냈다.

  내 생일날 점심에는 친구들을 초대하여 풍성한 생일상
을 대접했다. 어머니가 차려준 음식에 첫째 언니의 특별 요
리가 더해졌다. 언니의 사라다는 어머니가 만든 것과 사뭇
달랐다. 1980년대 당시 중산층 가정에서 쉽게 볼 수 없었던
보라색 양배추가 흰 양배추와 적당한 비율로 섞여서 햄, 맛

살, 당근, 양파, 달걀, 오이 등 다양한 재료들과 함께 '사우전드 아일랜드 드레싱'에 어우러져 마무리로 건포도와 땅콩이 장식되었다. 생일에 초대된 친구들에게 이 사라다는 인기가 좋았다.

뭐랄까? 신식의 느낌이 나는 샐러드였다.

내가 귀빠진 날은 교육 공무원이었던 아버지의 월급날이었다. 그런 이유로 어른들은 내게 "먹을 복은 타고 났다"며, 내가 태어난 후부터 우리 집 형편이 좋아졌다는 얘기를 종종 했다.

생일날 저녁이면 어머니는 한 상을 거하게 차린다. 맛난 음식이 가득한 상을 흐뭇하게 지켜보며 아버지의 퇴근을 손꼽아 기다린다. 때맞춰 대문을 열고 들어오시는 아버지 손에는 여느 때처럼 내 간식거리가 들렸고, 폴짝 뛰어서 아버지 품에 안기면 그의 왼쪽 가슴에 두둑한 월급봉투가 느껴졌다.

저녁 생일상에는 팥과 콩, 밤, 잡곡이 들어간 붉은색 찰밥과 제철 재료로 만든 갖가지 나물도 올랐다. 살이 단단하고 담백한 도미구이나 배가 노르스름하며 고소한 참조기구이도 빠지지 않았다. 기장산 미역이 들어간 미역국도 생일상에 놓인다.

도미, 참조기, 민어 등 맛있는 생선이 많았지만 우리는 유독 자연산 봄 도다리에 열광했다. 제철 맞은 싱싱한 도다리를 사서 생선회도 뜨고 굽기도 하고 국도 끓였다.
봄에 태어난 가족의 생일상에는 반드시 도다리가 들어간 특별한 미역국이 올랐다. 다른 집처럼 기름에 소고기를 달달 볶아서 끓인 미역국이 상에 오르는 경우도 있었지만, 통통하게 살이 오른 큼직한 도다리를 넣고 끓인 미역국은 적당히 기름이 돌면서 그 맛이 일품이었다. 여름철 마땅한 생선이 없을 때는 말린 홍합이나 마른 건어물로 미역국을 끓였는데 그 또한 담백함과 시원함이 좋았다.

이처럼 내 생일날은 아침부터 저녁까지 다채로운 음식의
향연이었다.

성인이 된 후 생일날 스스로 챙겨 먹는 미역국은 감회가
다르다. 내가 태어난 것을 자축하는 의미보다는 출산의 고
통을 겪고 키운다고 고생한 어머니를 그리는 감사의 의미가
더 깊다.

신식 부엌과 정화수

산복도로에 있는 단독주택 1층에는 처음에 두 식구가 살았다. 우리 가족이 대문에 붙은 넓은 공간을 사용했고, 오른쪽으로 난 모퉁이를 돌아 좀 어두컴컴한 안쪽 방은 세를 주었다.

선영이라는 내 친한 친구가 부엌이 딸린 단칸방에 살았는데 친구 아버지는 쌀집을 운영했다. 몇 년 지나 선영이네 집안 형편이 좋아지자, 우리 집 이층으로 방을 넓혀 이사를 했다. 그래서 1층은 우리 식구의 독차지가 되었다.

부엌이 두 개니까 쓸모가 없어서 큰방에 딸린 부엌을 없애고 공간을 합쳐 방을 넓혔다. 내가 '축구장'이라고 부른 길다란 이 방은 열댓 명이 동시에 잠을 자도 너끈히 소화했다. 친척들은 잔칫날이나 집안 모임이 있을 때는 밤늦도록 놀다가 이 방에서 자고 아침까지 먹고 돌아갔다.

그리고 세를 주었던 방과 재래식 부엌을 합쳐 신식 부엌을 만들었다. 당시 대부분의 집에서 부엌은 방 입구에 있었고 신발을 신고 나가야 하는 구조였다. 그런데 새로 만든 우리 부엌은 장판을 깔고 보일러가 들어오는 방이었다. 〈오리표〉 씽크대를 맞춤 주문해서 달고 가스레인지를 새로 구입했다.

음식을 만들기 위해 연탄불에서 벗어난 것만으로도 어머니는 일손을 많이 덜었지만 여전히 난방은 연탄을 사용했다. 12월이면 김장과 함께 창고에 연탄을 채워 넣는 게 중요한 월동 준비였다.

먹성 좋은 식구들 때문에 백 포기 이상 배추를 주문했고 여러 개의 온돌방 때문에 이삼백 장의 연탄을 구입했다. 연탄이 20원이면 배달료가 10원이었기 때문에 식구들이 산복도로 집까지 이고지고 연탄을 날랐다.

겨울철에는 연탄불을 꺼뜨리지 않는 것만큼 중요한 일도 없었다. 낮에 가장 일찍 들어오는 나는 방 네 개의 연탄을 능숙하게 갈았다. 연탄가스 중독이 흔할 때여서 가급적 연탄을 갈 때는 숨을 쉬지 않으려고 노력했다.

가끔 시간을 맞추지 못해서 꺼뜨린 날에는 백 원짜리 번개

탄으로 불씨를 살렸다. 한두 시간이 지나면 온돌방 아랫목이 따뜻해졌다.

　우리 동네는 우물이 많았는데 친구 집 마당이나 행인들이 지나는 길가에도 있었다. 수도가 들어오기 전에는 두레박으로 우물물을 떠서 밥을 지었고 공동 우물에 가서 빨래를 했다. 친구들과 밖에서 놀다가 목이 마르면 우물 있는 집에 몰래 들어가 물을 마시기도 했다.

언니들과 같은 방에서 생활하던 나는 언니와 다투었을 때는 부엌방에서 혼자 잤다. 그런 날은 새벽 네 시쯤이면 어김없이 어머니의 인기척을 느낄 수 있었다. 자는 척 미동 없이 누워있으면 어머니는 내게 다가와 이불을 덮어주고 찬장으로 가서 무언가를 꺼낸다. 이른 새벽 우물에서 길은 정화수를 받기 위한 사기그릇이다.

아마도 어머니는 부엌을 지키는 신이 있다고 믿었던 것 같다. 부뚜막신이라고도 불리는 조왕신은 집을 보호하는 수호신이다. 그래서 소반에 정화수를 올리고 정갈한 마음가짐으로 절을 했다. 어둠 속에서 그 모습을 처음 보았을 때는 무척 신기하고 낯설었는데 차츰 엄숙함과 경건함마저 느껴졌다.

어머니는 작은 소리로 무언가를 계속 중얼거렸다. 나중에 그 소리를 제대로 들을 수 있었는데, 아버지의 건강과 우리 네 형제의 평안을 기원했다. 어머니만의 기복 의식이었던 것이다.

남항시장의 먹거리들 :
꿀떡, 콩국, 어묵

남항은 바다를 사이에 두고 자갈치시장과 마
주보는 위치다. 남항 근처에 있는 남항시장은 영도에 있는
전통시장 중 가장 규모가 큰 먹거리 천국이다.

나는 이 시장 문턱이 닳도록 어머니를 졸래졸래 따라다녔
다. 어머니와 시장에 가면 맛있는 것을 먹을 수 있었고 내가
좋아하는 반찬거리도 고를 수 있었다.

그런데 조금 철이 든 이후 어머니를 따라 시장에 간 이유는, 음식의 유혹보다 어머니의 짐을 좀 덜어 드리고 싶었기 때문이다. 어머니는 무거운 반찬거리가 담긴 검은색 비닐봉다리를 들고 시장을 누볐다. 한 집, 한 집, 방문하는 가게의 수가 늘수록 어머니 손에도 봉투가 늘어갔다. 열 손가락 모두에 봉다리가 걸리고서야 장보기를 마쳤다.

그러고는 내가 다니던 피아노 학원 건물 앞 정류소에서 버스를 기다렸다.

82번이나 85번 버스는 한참을 기다려야 탈 수 있었고, 설령 버스를 탄다고 해도 앉아서 가긴 쉽지 않았다. 콩나물시루처럼 복잡한 버스 안에서 봉투를 놓치지 않기 위해 안간힘을 써야 했다.

시장에서 집까지의 거리도 만만치 않아서 어머니는 이삼십 분을 흔들거리는 버스에서 곡예사처럼 균형 감각을 발휘해야 했다.

하지만 내가 동행할 때는 어머니의 한쪽 손이 자유로울 수 있었다. 나는 어머니 짐꾼 역할을 하는 것이 좋았고 뿌듯했다.

'나도 이제 이만큼 커서 어머니에게 힘이 될 수 있다.'

그런 내게 간식거리는 목적이 아닌 일종의 부상이었다.

대충 장을 보고서 출출해질 즈음 어머니 단골 떡집에 도착한다. 건물에 가게가 따로 있는 것이 아니라 그냥 노점 떡집이었는데, 60대 할머니가 직접 만든 떡은 화려하진 않지만 맛깔스러웠고 종류도 제법 다양했다.

나는 특히 직삼각형 모형으로 썬 꿀떡을 좋아했다. 서울에 와서 처음 꿀떡이라는 이름으로 불리는 떡을 보고 깜짝 놀랐다. 내가 알던 꿀떡이 아니었다. 서울 꿀떡은 앙증맞은 크기의 떡 안에 꿀이나 설탕이 들어 있는데 하양, 연분홍, 진초록의 색을 입고 얌전한 모습이다.

　진짜배기 꿀떡은 찰떡을 넓고 얇게 펴서 그 위에 짙은 갈
색의 흑설탕을 바른다. 그것은 호떡 속에 들어가는 꿀맛과
비슷하다. 우리는 그 떡이 꿀처럼 맛있다고 해서 꿀떡이라
불렀고, 꿀떡꿀떡 맛있게 먹는다고 꿀떡이라 불렀다.
워낙 끈적거리는 떡이라 손으로 집어 먹고 나면 그 끈적거림
이 없어질 때까지 줄기차게 손가락을 핥아야 했다.

　떡을 열심히 먹고 있으면 어머니는 내가 목이라도 메일
까 얼음처럼 차가운 단술이나 우뭇가사리 콩국을 주문했다.

떡이 널린 좌판 한편에는 단술과 콩국이라는 이름이 적힌 커다란 옹기가 놓여 있었고, 그 안에는 엄청난 크기의 얼음덩어리와 함께 단술과 콩국이 들어 있었다.

단술도 맛있지만 콩국은 여름철에만 먹을 수 있는 별미였다. 백 원을 건네면 커다란 대접에 가득 담아 준 콩국은 걸쭉하고 고소했다. 소금을 살짝 치면 고소함이 배가 되었다.

어머니와 나는 이 콩국을 좋아해서 참새가 방앗간 가듯이 집을 그냥 지나치기 힘들었다.

바위에 붙어 자라는 해초 우뭇가사리는 늦봄쯤 채취해 건조하는데 처음에는 갈색이었던 것이 마르면서 하얗게 변한다. 콩국 안에 들어가는 우뭇가사리 묵은 연약하고 투명한데, 시간이 지나거나 손으로 만지면 물처럼 녹아 형태가 없어져서 칼 대신 전용 틀을 사용했다. 밀가루를 내리는 체보다 훨씬 듬성듬성 성글게 만든 체에 묵을 넣고 조금만 힘을 주면 체 아래로 굵은 국수처럼 잘린 묵이 길다랗게 빠져나간다. 이 우뭇가사리 콩국을 한 모금 가득 들이키면 여름 더위가 확 달아났다.

부산어묵이 지금처럼 전국구로 유명해지기 한참 전에도 부산 전통시장에는 어딜 가더라도 오뎅을 만드는 어묵 공장이 있었다.

일제 강점기에 일본에서 건너온 일본인들이 부산에서 처음 어묵을 만들기 시작했다고 한다. 이 어묵 제조법을 어깨 너머 배운 부산 사람들이, 당시 번화가였고 지금은 깡통시장으로 불리는 부평시장과 국제시장에 어묵 제조공장을 만들어 본격적으로 부산어묵을 만들기 시작했다.

남항시장에 있었던 어묵 공장 앞에는 갓 튀겨 나온 다양한 오뎅들이 산더미처럼 진열되어 손님의 선택을 기다리고 있었다.

그 뒤로는 오픈 주방처럼 완전히 공개된 공장에서 고무장화를 신은 장정 여러 명이 오뎅 만들기에 비지땀을 쏟고 있었다. 공장 바닥에 널브러진 나무 상자에는 갈치나 조기, 오징어 등 자잘한 냉동 생선들이 꽝꽝 언 채로 쌓여 있었다.

그때 처음 알았다.

오뎅 재료가 흰 살 생선이라는 것을.

언 생선들은 물이 채워진 빨간 고무 대야에서 목욕을 했다. 그렇게 위생적이지는 않았지만 갓 튀겨 나온 오뎅은 충분히 그 찝찝함을 보상해 주었다.

좌판에 놓인 반찬용 오뎅을 손가락으로 가리키면 아주머니가 투명 비닐에 가득 담아 주었다. 어머니는 침을 삼키는 나를 위해 길다란 오뎅 하나를 나무젓가락에 꽂아 주었다. 따끈한 오뎅을 입에 물고 조금씩 뜯어 먹으면서 시장을 돌면 그 재미가 쏠쏠했다.

어머니에게 위안을 준 보리밥

어머니는 슈퍼우먼이었다. 새벽 네 시면 잠에서 깨어나 아침을 준비했고, 그런 와중에 중간중간 집안 청소도 한다. 세 개의 방과 부모님의 자랑인 히노끼로 마감한 거실, 부엌방, 마당까지 청소하려면 엄청난 에너지가 필요했다.

어머니는 시간이 날 때마다 빗자루로 쓸고, 뽀드득거리는 소리가 날 때까지 걸레질을 했다. 방바닥에 떨어진 머리카락도 일일이 주웠다. 다른 집보다 비교적 일찍 세탁기를 구입했지만, 기계를 믿을 수 없었던 어머니는 언제나 손빨래 후에 세탁기를 사용했다.

아침 집안일이 마무리되면 방방마다 우리를 깨우러 다녔다. 아버지 출근 준비와 우리들 등교 준비를 돕고 나면 어머니 본인의 출근 준비를 한다. 서면에 위치한 회사에 9시 반쯤 출근해서 오전 업무를 보고 하루 종일 부산 여기저기를 돌아다니며 수금을 하거나 새 고객을 모집하러 다녔다.

어떤 날은 아침 일찍 동네 부녀회 회장 자격으로 교통정리를 하거나 마을 청소를 하러 다녔다. 쉬지 않고 지역 사회의 각종 모임에 참석해 봉사 활동을 했다.

지금도 날씨 좋은 봄날, 아파트 담벼락에 핀 붉은 장미꽃을 보면 어머니 생각이 난다. 어머니는 환경 미화를 위해 거리에 장미를 심으러 다니는 봉사도 했다.

어머니는 계 모임의 계주 역할도 했다. 어머니가 주관하는 계가 여러 개였고(아버지가 교사라는 것도 어머니의 신용도를 높였을 것이다), 나는 유치원 때부터 동네 곗돈을 받으러 다녔다. 그렇게 어머니의 심부름을 하며 돈과 경제관념을 조금씩 배웠다.

어머니는 너무 바빠서 아플 틈이 없었다. 일요일을 제외하곤 회사에 출근했고 항상 처리해야 할 일들이 많았다.

"집에서 쉬면 몸살이 나."

어머니는 가족을 위해 철인처럼 살았다.

이상하게도, 일 년에 한두 번 어머니가 집에서 쉬는 날은 심하게 몸살을 앓는 날이었다.

장을 보러 갈 때면 어머니는 가끔 점심으로 보리밥을 먹
자고 제안했다. 보리밥을 유난히 싫어하는 아버지 때문에
식당에서만 보리밥을 먹을 수 있었다.

　　어머니는 꽁보리밥이 아닌 보리와 쌀을 반씩 섞은 보리밥
에 빨간 무생채를 넣고, 열무김치와 몇 가지 나물들을 더해
되직한 강된장이나 고추장을 넣어 참기름을 한 방울 떨어뜨
려 비빈 보리밥을 좋아했다.

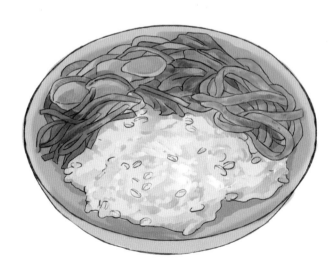

나는 보릿고개의 어려웠던 시절을 겪은 세대는 아니지만 어른들의 이야기에 보릿고개는 단골 소재였다.

해마다 5~6월이면 추수한 묵은 곡식은 다 떨어지고 햇보리는 미처 여물지 않아 먹을 게 귀했던 춘궁기, 그게 바로 보릿고개다. 어른들은 산에서 칡뿌리나 나무껍질, 산나물을 뜯어다가 잡곡을 아주 약간만 섞어 죽을 쑤어 먹었다고 했다.

　보릿고개를 겪은 어머니에게 이 밥은 고향의 맛, 어린 시절을 떠올리는 추억의 맛이었을 것이다. 삶의 무게에 피곤하고 지친 어머니에게 보리밥은 든든한 에너지원이 되었으며 정신적 위안을 주진 않았을까?

　시장통 끝에 허름하게 자리잡은 보리밥 집에서, 나는 가족을 위해 헌신하는 어머니의 마음을 느낄 수 있었다.

장독대와 빨랫줄에 말린 생선

우리 집 마당 한 편에는 제대로 갖춘 장독대가 있었다. 어린 내가 들어갈 만큼 큰 옹기부터 사발만 한 것까지 옹기 크기나 모양은 가지각색이었다.

어머니는 장독대에 정성과 애정을 쏟았다. 시간이 날 때마다 윤이 나도록 행주질을 했고 내용물에 따라 적당히 햇볕을 보도록 뚜껑 여닫는 수고로움을 마다하지 않았다. 갑자기 비라도 쏟아지면 맨발로 장독대부터 달려갔다.

장독은 다양한 용도로 활용되었다. 간장, 된장, 고추장, 막장 등 장류가 담근 시기에 따라 보관되었고 배추김치, 나박김치, 동치미 등 겨울용 김치 보관으로도 유용했다. 갈치속젓, 멸치젓 등 염분이 높은 젓갈을 보관하기도 좋았고 고추, 무, 마늘, 양파 장아찌 등을 만들어서 넣어 두기도 했다.

겨울에는 간식거리들이 장독에 들어갔다. 땡감을 소금에 절여 독에 넣고 며칠 지나면 신기하게도 떫은 맛이 사라지고 약간 물컹한 단감이 되었다. 홍시를 만들기에 적합한 대봉은 장독 안에서 맛난 홍시로 탈바꿈했다. 김치냉장고 같은 장독대로 인해 사계절 밥상이 풍성해졌다.

햇볕과 바람이 잘 드는 장독대는 빨래 건조대를 겸했다.
장독대 위로 빨랫줄을 높이 걸어 빨래를 말렸고 긴 나무로
지지대를 만들어서 빨랫줄이 늘어지는 것을 방지했다.

날생선도 맛있지만 갓 잡은 신선한 생선을 꾸덕꾸덕하게
반건조시키면 식감이 달라진다. 지나치게 말리면 딱딱하기
때문에 적당히 말린 생선을 신문지에 싸서 냉장고에서 보관
하면 끼니때마다 요긴하게 활용할 수 있었다.
도미나 조기, 우럭, 민어, 서대, 눈볼대 등 명절이나 제사,
생일에 사용하는 큰 생선도 건조하여 보관했고, 일상적인
반찬으로 먹는 갈치나 볼락, 붕장어도 말려서 조리했는데
별미였다.

빨랫줄에 생선이 걸리는 날은 어머니와 도둑고양이들이 전쟁을 치렀다.

담에서 빨랫줄을 멀찌감치 떨어뜨리고 어머니가 직접 만든 S자 모양의 갈고리에 생선 아가미 부분을 꽂아 빨랫줄에 걸어 둔다. 하지만 고양이의 점프력은 상상 이상이어서 빨랫줄이 조금이라도 담벼락 쪽으로 붙으면 여지없이 생선을 낚아채 사라졌다.

우리 집에서 가장 근사한 공간은 옥상과 장독대였다.

옥상에 올라 주변을 휘~ 둘러보면 한쪽으로는 봉래산 정상이 우뚝 솟아 있고 삼면으로 눈부시게 푸른 바다가 펼쳐진다. 동쪽으로는 태평양 바다에 떠 있는 오륙도가 가깝고, 북쪽으로는 조선소와 부두들의 분주한 움직임이 느껴지며, 서쪽으로는 영도다리와 부산대교에 연결된 시내가 한눈에 들어온다.

기상이 악화되는 날에는 수많은 배들이 부산만에 장난감처럼 떠 있었고, 화창한 날에는 바다 너머로 일본 대마도(쓰시마섬)가 보였다.

장독대에서도 부산 앞바다가 보였는데 내가 까치발을 하고 서면 담 위로 얼굴만 삐죽이 내밀 수 있었다. 운 좋은 날이면, 변화무쌍한 색상의 노을이 핑크색 하늘을 물들이는 장관을 볼 수 있었다.

"뿌~우"

그 시간쯤 뱃고동 소리도 우울하고 차분하게 울린다.

해가 저물 때부터 밤이 찾아올 때까지 시시각각 변하는
하늘은 돈 주고 살 수 없는 바닷가 사람들만의 특권이었다.

멋을 부린 음식, 북어보푸라기

　아버지는 까다로운 미식가였고, 어머니는 타고난 아티스트였다. 아버지는 밥상에 오른 음식들의 다양한 색을 강조했고, 어머니는 이에 부응이라도 하듯 음식에 멋을 부릴 줄 알았다.

　겨자채 하나를 만들더라도 다양한 채소들로 색의 조화에 신경을 썼다. 치자나 복분자를 이용해 음식에 노란색이나 보라색을 입히기도 했다. 천연 재료를 구하기 힘들 때는 식용색소를 사용하기도 했는데, 나는 멋을 아는 어머니를 위해 식용색소를 사러 가게에 오갔다.

어머니는 특별한 날에 옛날 양반 집에서 먹었다던 북어 보푸라기를 만들었다. 가만히 옆에 앉아서 어머니가 만드는 과정을 보고 있자면, '참 손이 많이 가는 음식이구나' 하는 생각이 절로 들었다.

윤이 나는 질 좋은 북어를 물에 살짝 불려 찜통에 쪄서 부드럽게 만든 후 면 보자기에 싸서 방망이로 두드린다. 그러면 북어의 수분이 빠지면서 솜털처럼 곱게 보푸라기가 만들어진다.

그렇게 손질된 북어보푸라기에 소금, 설탕, 참기름으로 간단히 밑간을 한다. 소금 간을 한 보푸라기는 북어 본연의 색을 지니고, 간장 간을 한 보푸라기는 연한 갈색을 띠고 고춧가루를 살짝 가미한 보푸라기는 붉은색을 띤다. 어머니는 색을 더 곱게 내기 위해서 보푸라기에 적색 3호 색소를 입혀 새색시 같이 고운 핑크색 보푸라기를 만들었다.

북어보푸라기는 입 속에 넣는 순간 부드럽게 녹아 이가 약한 노인들에게 좋은 찬이었다. 어머니는 이 북어보푸라기를 조금씩 꺼내 반찬이나 요리에 활용했다. 어머니가 특별히 솜씨를 발휘해서 김초밥을 싸는 날에도 고운 색으로 물든 북어보푸라기가 들어갔다.

상상할 수 있는 모든 재료의 별미밥

우스개 소리로 "중국 사람들은 발 달린 것은 책상만 빼고, 날개 날린 것은 비행기만 빼고 다 먹는다"는 말이 있다. 중국 사람들을 비하하는 말이라기보다는 놀라울 만큼 다양한 식재료를 활용하는 그들의 능력에 대한 찬사라 생각한다.

우리 어머니가 그렇다.

어머니가 만든 음식에는 전통을 바탕으로 한 창의성이 풍부했다. 다른 집에서 쉽게 볼 수 없고, 어떤 가게 메뉴에서도 볼 수 없는 갖가지 음식들이 모두 제철이 되면 때에 맞쳐서 밥상에 올랐다.

어머니는 갖가지 재료들을 섞어서 별미밥을 짓는 실험을 멈추지 않았다. 계절별로 나는 다양한 종류의 콩밥은 기본이고 손이 많이 가는 팥밥도 자주 했다. 고구마가 달콤할 때는 고구마를 큼직큼직하게 잘라서 쌀에 섞어 밥을 했고 밤이 많이 날 때는 깎은 밤을 넣어 밥을 했다. 차수수나 조밥도 별미였다. 차수수밥은 붉은색이 났고, 조밥은 특유의 까끌거림과 노란색으로 식욕을 자극했다.

무가 단맛이 돌면 제철인 굴을 섞어 무굴밥을 만들고 겨울철 말려둔 시래기로 고소한 시래기밥을 짓고, 냉장고에 콩나물이 있으면 콩나물밥을 지어 달래양념간장에 비벼 먹었다. 묵은 김치가 있으면 소를 털어내고 양념을 해서 김치밥을 만들었다. 5~6월 생죽순이 올라오면 죽순 껍질을 벗기고 쌀뜨물에 담가서 아린 맛을 빼고 삶아 죽순영양밥을 지었다.

어머니가 만든 별미밥 중 최고봉은 팥물을 들인 오곡밥
이다. 원래 오곡밥은 찹쌀에 기장, 차조, 수수, 검정콩, 붉
은팥 등 다섯 가지 잡곡을 섞어 지은 밥을 의미했는데, 조금
씩 넣는 재료들이 가감되면서 조리법도 바뀌었다.

어머니는 식구들 생일이나 정월대보름 같은 특별한 날에
는 오곡밥 짓는 번거로움을 기꺼이 즐겼다. 지금이야 대형
마트에 가면 불리거나 삶지 않고 바로 사용할 수 있는 편리
한 재료들이 많지만 당시는 오곡밥에 들어가는 모든 재료들
을 미리 손질하는 데 많은 시간과 노력을 들여야 했다.

팥은 하루 전날부터 돌멩이를 일고 씻어 불린 후 삶아서 팥물을 따로 받아 두었다. 나머지 재료들도 종류에 따라 적당히 불리고 삶는 과정을 거친다.

팥물로 지은 오곡밥은 불그스름한 색을 내는데, 어머니는 붉은색이 악귀를 쫓는다고 믿었던 것 같다. 특히 정월대보름에는 김씨, 이씨, 박씨 등 다른 성씨를 가진 세 집의 밥을 먹으면 그해 운이 좋다고 해서 이 집 저 집 이웃들의 오곡밥을 나누어 먹었다.

윤이 나는 구운 김에 오곡밥을 한 수저 올리고 맑은 조선간장에 살짝 찍어 먹으면 그 맛이 조화로웠다. 아삭하고 양념이 잘 밴 배추김치 하나면 더이상 바랄 것이 없는 귀한 밥상이 된다. 신기하게도 오곡밥은 식어도 맛이 좋고 누룽지도 더 구수하다.

소풍 도시락 : 김초밥과 육전

　미국에서 잠깐 머물 때 일본 친구 요미에게 언니가 싸 준 우리네 김밥을 나눠줬더니 일본 초밥보다 더 맛있다고 했다. 일본식 초밥과 한국식 김밥이 외형도 비슷하고 들어가는 재료도 유사한데 맛에서는 차이가 난다고 했다.

　어느 날 요미를 위해 김밥 재료를 챙겨서 그녀 집으로 갔다. 그녀와 함께 김밥을 만들면서 참기름의 고소한 맛 때문에 요미가 김밥을 좋아한다는 것을 알게 되었다.

그러나 나는 참기름 향이 강한 음식을 좋아하지 않는다. 재료 본연의 맛이 참기름에 묻혀 버리는 게 싫어서다. 그래서인지 오히려 내 입맛은 초밥에 더 당긴다.

소풍이라는 단어를 들으면 김밥 도시락과 아킬레스건이 생각난다.
어머니가 만들어 준 김밥은 한국식 김밥에 일본식 초밥을 응용한 김초밥이었다. 쉽게 쉬지 말라는 이유에서다. 김밥은 대개의 경우 화창한 날 야외에서 먹는 음식이므로 높은 온도에 의해 쉽게 변질되어 김밥을 먹고 탈이 난 사람들이 많았다. 항균성이 있는 식초를 음식에 넣으면 잘 상하지 않는다는 것을 어머니는 경험으로 알았던 것이다.

김밥이 얼마나 맛있었던지!
어머니가 칼에 물을 묻혀 가며 김밥을 써는 동안 우리 형제들은 그 옆을 지키고 앉아 있었다. 이제나저제나 김밥 꼬투리가 나올 때만 기다렸다가 날름 입 안으로 가져갔다.

집에서 유일하게 유치원을 다닌다고 형제들에게 시기 어린 눈총을 받았던 내가 드디어 봄소풍을 갔다. 늦둥이 막내의 첫 유치원 소풍인 만큼 어머니의 설렘도 마찬가지였을 것이다.

그날 학부모들이 자녀들을 빨리 찾아내는 게임을 했다. 50미터쯤 떨어진 풀밭에서 우리들은 고개를 숙이고 엎드려 있었고, 선생님의 호루라기 소리에 맞춰 부모들은 자신의 아이를 찾기 위해 질주하기 시작했다.

그런데 그 순간, 발목을 접질리면서 어머니는 그 자리에 주저앉았다. 별거 아니라면서 밤새도록 고통에 시달렸던 어머니는 결국 이튿날 아침 병원으로 갔다.

신화 속 이야기에서만 듣던 아킬레스건을 그때 들을 줄은 몰랐다. 어머니는 아킬레스건이 끊어졌고 발목부터 허벅지까지 깁스를 하고 장장 6개월을 보냈다. 이후 10년 동안 굽 있는 신발은 신지 못했다.

요즘엔 편의점 선반에 놓인 천 원대 도시락부터 패밀리 레스토랑에서 테이크아웃할 수 있는 도시락, 개인 맞춤형 주문 도시락까지 도시락을 손쉽게 구입할 수 있다. 가격도 종류도 각양각색이다.

그때는 그냥 동네 분식점 수준의 김밥이 전부였다. 대부분의 어머니들은 자녀들의 도시락을 손수 쌌다. 간혹 소풍 도시락에 맨밥과 김치만 싸오는 친구들이 있었는데 집안 형편이 넉넉하지 않거나, 어머니가 일을 나가거나 혹은 보육원에서 사는 친구들이었다.
어머니는 그 친구들을 위해서 도시락을 넉넉히 쌌고 김밥을 하나씩 나누어 먹으면서 집집마다 다른 맛을 비교할 수 있었다.

신학기가 되면 학급 임원을 뽑는 선거가 있다. 그때마다 어머니는 소풍 도시락 싸기 힘들다며 임원을 하지 말라는 말을 넌지시 꺼냈다. 막상 내가 임원이 되지 않았다면 어머니는 무척 서운해 했을지도 모른다. 그렇게 나는 소풍이나 운동회 등 학교 행사에 선생님의 도시락을 준비했다. 다들 사는 형편이 비슷하고 잘 아는 이웃이라 서로 부담을 주지 않도록 적정선을 지켰다.

선생님 도시락으로 주로 김밥을 쌌지만, 어머니가 시간적 여유가 있을 때는 찰밥과 육전에 갖은 밑반찬을 싸 주었다. 육전은 선생님 도시락을 쌀 때만 맛볼 수 있었다. 얇게 썬 질 좋은 소고기를 구입하여 핏기를 빼고 밀가루와 달걀을 묻혀 재빠르게 구워낸 육전은 소고기가 귀했던 당시 별미 중 하나였다.

전날 밤부터 새벽녘까지 어머니의 정성과 노력으로 채워진 3단 찬합을 고이고이 들고 가서 담임선생님의 품에 안기면 참 뿌듯한 느낌이 들었다.

고향을 떠올리게 하는 향기, 방앗잎

한때는 텔레비전만 켜면, 유명 여배우가 나와서 "고향의 맛, ○○○"라고 말하는 광고를 자주 볼 수 있었다. 이 멘트처럼 누군가에게 고향을 떠올리게 하는 맛이나 향이 있지 않을까 싶다.

내게는 방앗잎의 향기가 그렇다.

서울 사람에게는 다소 생소한 '방아'는 한국이 원산지인 여러해살이풀이다. 생긴 것은 일본 깻잎이라 불리는 '시소'를 닮았고 햇볕이 잘 드는 풀밭이면 어디서나 잘 자라는데 경상도나 전라도에서는 음식의 냄새를 잡거나 풍미를 주기 위해 깻잎처럼 다양하게 활용한다.

일본에 '시소'가 있고 동남아나 중국에 '고수'가 있다면 한국에는 '방아'가 있다고나 할까. 그만큼 독특하고 강해서 호불호가 갈릴 수 있는 향이다.

일식집 생선회 아래 깔린 '시소'를 처음 맛보았을 때는 화
장품 냄새가 연상되었는데, 익숙해지니 그 독특한 매력이 느
껴졌던 경험이 내게도 있다.

　　어머니는 방앗잎에 대한 애정이 각별했다. 여름에 싱싱
한 방앗잎을 구해서 씻고 말려서 냉동실에 보관해 두고 일
년 내내 사용했다. 지금도 형제들의 집 냉동실에는 어머니가
채워 준 방앗잎이 자리하고 있다.

　　밥상에는 방앗잎이 들어간 전이나 조림, 찌개, 탕이 자
주 올랐는데, 방앗잎은 생선이나 된장이 들어간 음식과 궁
합이 잘 맞았다.
미더덕을 넣은 된장찌개, 대합 조갯살을 다져 넣은 부추전,
된장을 풀어 구수하게 끓인 꽃게찌개, 토란대와 고사리,
숙주를 넣고 끓인 추어탕, 굵지 않은 장어를 부드러운 시
래기와 구수하게 끓여 땡초(청양고추)로 포인트를 준 장어
국…….

어머니가 방앗잎을 활용한 음식들을 모두 열거할 수 없을 정도로 일상적으로 애용했다. 그 중에서도 방앗잎과 된장 양념이 올라간 가오리찜이 가장 강렬하게 기억된다.

내가 살던 곳이 가오리가 많이 잡혔는지 아니면 가오리가 홍어에 비해 저렴해서인지 이유는 분명하지 않지만, 가오리를 이용한 음식이 우리 밥상에 자주 올랐던 건 분명하다.

결혼식이나 장례식, 단체 야유회, 계모임 같이 사람들이 많이 모이는 행사에서도 돼지머리 편육과 함께 가오리 무침이 빠지지 않았다.

어머니는 가오리를 하루 정도 말려서 사용했다. 살짝 말린 가오리는 삭힌 홍어만큼 강렬한 맛은 아니지만 특유의 향과 쫀득거리는 식감이 살아났다.

양념이 잘 배도록 칼집을 낸 가오리를 찜통에 찌다가 집에서 만든 된장을 넣은 양념장을 가오리 위에 올려서 다시 쪄낸다. 이때 방앗잎과 양파를 함께 올리면 토속적이면서도 독특한 맛의 가오리찜이 완성된다.

고향을 떠난 후 (아주 드물지만) 방앗잎이 들어간 음식을 접하면 어릴 적 고향 친구를 만난 것처럼 반가운 마음이 드는 것은 어쩔 수 없다.

어머니 손맛의 원류(源流), 삼천포

누군가는 우스개 소리로 '삼천포로 빠진다'는 표현을 쓰지만, 삼천포는 내게 친숙한 곳이다. 아버지와 어머니 양가가 삼천포를 기반으로 오랜 세월 살아왔고 형제들도 삼천포에서 태어나 초등학교를 다녔다. 가난한 촌부의 셋째 아들로 태어난 아버지는 부산에서 대학을 나와 고향에서 고등학교 국어 교사를 했다.

삼천포에서 부산으로 삶의 터전을 옮긴 것은, 작은 어촌 마을에서 자식들을 키우고 싶지 않았던 아버지의 강력한 의지 때문이었다.

부모님이 살던 삼천포 대방은 대방진 굴항과 실안 낙조가 유명하다. 대방진 굴항은 그 구조가 독특한데 바다와 연결된 인공적인 둑이다. 동네 어른들은 이 대방진 굴항을 임진왜란 때 충무공 이순신 장군이 수군 기지로 이용했다고 얘기했다.

삼천포는 가슴이 뻥 뚫리는 쪽빛 바다와 제각각 특색을 가진 작은 섬들이 그림처럼 떠 있는 작고 조용한 어촌이다. 그리고 언제나 장어와 쥐치의 비릿한 향이 가득했다. 우리 집 냉동실에서 삼천포산 붕장어와 쥐치포가 떨어진 적은 거의 없었다.

삼천포에서 바다장어를 잡는 전통적인 방법은 통발을 사용하는데, 대나무나 그물망으로 만든 장어통발에 미끼를 넣고 장어를 유인한다. 통발 속으로 한 번 들어간 장어는 쉽사리 빠져나올 수 없다.

산지라서 그런지 삼천포에 가면 저렴한 가격에 싱싱한 장어를 구입할 수 있었다. 어머니는 어느 정도의 사이즈가 구이용으로 적합한지 알려 주었고, 장어를 손질할 때는 피도 깨끗이 긁어내야 비린내가 나지 않는다고 했다.

서울에서는 민물장어와 바다장어의 가치가 확연히 다르다. 수입산 민물장어는 턱없이 비싼 가격에도 큰 불만 없이 먹지만, 붕장어는 상대적으로 저렴하게 인식되고 찾는 사람도 많지 않다. 하지만 나는 민물장어보다 담백한 붕장어가 좋다. 식구들과 맛있게 먹었던 기억 때문일 것이다.

우리들은 어머니의 장어양념구이를 먹으면서 최고라며 엄지손가락을 치켜들었다. 맛이 좋을 수밖에 없었던 것은 질 좋은 장어와 양념장 때문이다.
양념을 먼저 바르고 구우면 겉만 타고 속은 익지 않기 때문에 처음에는 장어가 노릇노릇할 때까지 직화로 잘 굽는다.

　양념장의 비법은 특별할 것 없는 재료들의 배합이 아닐까. 직접 담근 매콤한 고추장에 간장과 물엿을 넣고 다진 마늘과 맵지 않은 풋고추를 듬뿍 넣는다.

　밥상에 올리기 직전 구운 장어에 양념장을 듬뿍 발라 깻잎과 함께 낸다. 서울에 살면서도 어머니가 손질해 준 장어를 1인분씩 포장해 두고서 구워 먹었을 만큼 장어에 대한 내 편애는 유별났다.

삼천포에 가면 대규모 쥐치포 공장들이 쉴 새 없이 돌아 갔고 쥐치 말리는 풍경을 곳곳에서 볼 수 있었다. 동네 사람들은 쥐치 껍질을 벗기고 쥐치를 말리면서 생계를 이어갔다. 사실인지 지어낸 얘긴지 알 수 없지만, 언니들은 유년 시절 어머니를 따라 쥐치포 공장에서 손을 거들었다고 한다.

그러나 요즘 삼천포 쥐치포 공장은 조용하다. 공장이 있던 자리엔 아파트가 들어섰고, 얼음을 운반하던 컨베이어도 멈춘 지 오래다. 동해서 명태가 잡히지 않듯이 남해서 쥐치가 잡히지 않는다는 뉴스를 접할 뿐.

어머니는 조금 비싸더라도 삼천포에서 만든 국산 쥐치포를 구입했다. 삼천포산을 먹다가 베트남산이나 다른 지역 쥐치포를 먹으면 그 맛이 확연히 달랐다.

간식이나 술안주로 구워 먹을 때는 손바닥 크기의 둥근형 쥐치를 이용했고, 도시락 반찬이나 밑반찬을 만들 때는 긴 사각형이 돌돌 말린 쥐치를 사용했다.

특이하게 우리는 명절이면 쥐치포를 이용해서 튀김을 만들었다. 가위로 잘라 물에 잠깐 담갔다가 튀김옷을 입혀 튀겨 냈다. 이 튀김은 중독성이 강한 맛이지만 식으면 지나치게 딱딱해졌다.

항상 도시락 반찬으로 고민하던 어머니는 토요일 저녁 식사가 끝나면 냉동실에서 쥐치포를 꺼내 구워서 가늘게 찢었다.

"엄마, 좀 식혀다가 찢으면 안 돼요?"

"식으면 딱딱해져서 잘 찢기지 않아."

"그러면 가위로 그냥 자르면 안 돼요?"

"가위로 자르면 나중에 딱딱해서 씹기가 힘들어."

결을 살려 손으로 잘게 찢은 쥐치는 반찬을 만들어도 딱딱함이 덜하고 부들부들하기까지 했다. 토요일 저녁마다 한두 시간을 쥐치포와 씨름하고 나면 손톱 밑이 검어지면서 얼얼해졌다.

나이가 들어 삼천포에 갈 일이 있으면 여전히 어시장 입구에서 졸복국 한 그릇을 먹고 삼천포산 쥐치포를 구입한다. 그리고 삼천포 바다와 함께 살았던 젊은 시절 꿈 많은 어머니를 상상해 본다.

가끔은, 어머니보다
어머니 손맛이 더 그립다

집 나간 며느리가 전어 굽는 냄새에 돌아온다는 얘기도 있고, 아내의 미모는 3년을 간다지만 음식 솜씨는 평생을 간다는 우스개 소리도 있다.

내가 딱 그렇다. 계절이 바뀔 때마다 어머니가 만들어 주던 계절 음식이 불현듯 생각나면 어머니도 그립지만 가끔은 어머니 손맛이 더 그리울 때가 있어서 어머니에게 미안한 마음이 든다.

예전에는 겨울에 싱싱한 과일이나 채소를 구하기 힘들었다. 그래서 어머니는 일 년 내내 음식 재료를 미리미리 준비해서 보관했다. 봄에는 매실을 설탕에 재우고 쑥을 햇볕에 말리고 멸치로 젓갈을 담갔다. 여름에는 고추나 깻잎, 콩잎을 따서 간장에 절이고, 가을에는 호박이나 가지, 고구마 줄기, 고사리, 취나물 등 나물거리와 빨갛게 잘 익은 고추를 말렸다. 겨울이 시작될 무렵에는 어마어마한 양의 김치를 담갔다.

봄이면 나도 동네 친구들과 지천에 널린 쑥을 캐러 다녔다. 비닐봉지 한가득한 쑥을 저녁 준비하는 어머니에게 내밀면 언제나 핀잔만 들었다.

"하라는 공부는 안 하고 또 쑥 캐러 다녔구나!"

그런데 반나절 동안 내가 열심히 캔 것은 쑥을 닮은 잡초가 대부분이어서 먹을 수도 없었다.

봄 밥상에는 달래와 냉이, 두부, 모시조개를 넣고 끓인 구수한 된장찌개나 통영산 잔 굴을 넣고 끓인 향기로운 쑥국이 올랐다. 두릅 어린순을 살짝 데쳐 초고추장을 곁들이거나 원추리나 씀바귀, 유채나물 같은 봄나물도 올랐다. 싱싱한 도다리를 통째로 넣은 도다리 미역국이나 배가 노랗게 살이 오른 조기를 바글바글 끓인 찌개도 올랐다. 남해서 잡힌 생물 멸치에 우거지를 넣어 끓인 찌개, 손가락보다 굵은 멸치를 석쇠에 구워 내기도 했다.

여름 밥상에는 얼음을 동동 띄운 새콤한 청각오이냉국이
나 제철 생선으로 만든 시원한 물회와 회비빔밥이 올랐다.
우리들은 회덮밥 대신 회비빔밥이라고 불렀는데, 밥 대신 삶
은 소면을 비벼 먹기도 했다.

기름진 민어를 숭덩숭덩 잘라서 쑥갓, 무를 넣어 칼칼하게
끓인 담백한 민어탕이나, 포를 떠서 부친 민어전이 오르기
도 했다. 배를 갈라 말린 장어포를 달짝지근하게 졸인 장어
포조림과 연한 호박잎만 골라 살짝 쪄낸 쌈과 집에서 달인
멸치젓국도 함께 올랐다.

가을 밥상에는 싱싱한 꽃게에 된장을 풀어 구수하게 끓인 꽃게찌개나 기름진 전어구이가 올랐다. 표고버섯과 느타리버섯, 당면이 듬뿍 들어간 버섯전골이 놓이기도 했고, 두툼한 갑오징어를 내장과 함께 데쳐 초고추장과 함께 내기도 했다.

도톰하게 살이 오른 갈치와 늙은 호박을 넣어 맑게 끓인 갈치국이나 큼직한 생물 쥐치와 감자를 넣어 자작하게 끓인 쥐치조림도 올랐다.

겨울 밥상에는 꼬막을 살짝 데쳐 양념간장을 끼얹은 찬이나 동치미 국물에 싱싱한 굴과 시원한 배를 넣은 물회가 올랐다. 야들거리는 호래기회와 학꽁치회가 초고추장과 함께 오르거나 통통하게 살이 오른 석화나 돌문어를 커다란 찜통에 쪄서도 올렸다.

말려둔 묵은 나물을 푹 삶아 진짜배기 참기름에 무친 나물이나 다양한 종류의 김치들이 올랐다. 살이 물컹거리는 생물 물메기로 끓인 시원한 물메기탕이나 아귀와 미더덕, 콩나물을 넣고 맵지 않고 담백하게 찜을 한 아귀미더덕찜도 올랐다.

겨울철 미나리꽝에서 자란 싱싱한 미나리를 물 좋은 생선과 함께 끓이면 그 향긋함이 봄을 재촉하곤 했다.

어머니는 유독 김치에 해산물과 생선을 많이 사용했다. 한두 달 내에 먹을 김치에만 싱싱한 굴을 넣었는데, 굴을 넣은 김치나 깍두기는 시간이 지날수록 색깔이 거무스름하게 변하고 굴이 흐물흐물해져 보기가 좋지 않단다.

오래 두고 먹을 김치는 최대한 양념을 단순하게 하여 그 사이에 소금을 뿌린 갈치, 생태, 조기 등 신선한 생선을 수북이 박아 두었다.

몇 개월이 지나 김치가 푹 익었을 때쯤 장독 뚜껑을 열면, "와"하는 탄성이 절로 나올 만큼 맛있는 김치 냄새가 솔솔 풍겼다. 생선 뼈는 삭아서 형체가 없어지고 생선 살은 탄력을 유지한 채 쫀득거리는 맛이 일품이었다. 비릴 것 같은데 전혀 비리지 않고 오히려 김치는 시원한 맛과 감칠맛이 더해졌다.

계절이 바뀌면 제철 음식이 생각나듯, 세월이 갈수록 어머니 손맛이 더 그리워지는 것은 왜일까.

나를
성장시킨 9할은 밥상이다

햄버거와 친구 은닉 사건

어릴 때는 친구들이 마냥 좋았다. 언제나 여럿이 떼를 지어 다녔는데 그들 중 키도 크고 리더십도 있었던 나는 골목대장처럼 굴었다. 방학이면 아침부터 밤늦게까지 온 동네를 휩쓸었다.

"영호야, 저녁 먹으러 와라."
"미선아, 밥 먹어라."
집집마다 뜸 들이는 냄새가 진동하고 저녁 밥상을 차린 어머니들이 동네 떠나가게 아이들의 이름을 불러야만 우리들은 집으로 돌아갔다.

어머니가 일을 나가고 집이 비어 있는 날에는 친구들을 불러서 음식을 만들었다. 당시 유행했던 햄버거를 흉내 내어 기다란 빵 사이에 손가락 길이의 분홍색 소시지를 구워 넣고 케첩도 뿌리면 제법 맛이 괜찮았다(고기 성분이 없는 밀가루 소시지였지만).

그 핫도그 비슷한 햄버거가 나의 첫 손님 초대 밥상이었다.

유년 시절에 햄버거를 파는 패스트푸드점이 우리 나라에 처음 생겼다. 한 대기업이 일본 회사와 합작하여 국내 최초의 패스트푸드점을 서울 소공동 백화점에 열었고, 전국적으로 '햄버거'라고 불리는 음식이 유행하기 시작했다.

패스트푸드점이 생기면서 소위 '런치 타임'처럼 일정 시간을 정해서 한정된 저렴한 메뉴를 팔았고 '세트 메뉴'도 소개되었다.

아홉 살짜리가 가스레인지에서 불을 사용하는 것이 위험하기는 했지만 나름대로 안전 수칙을 철저히 지켰다. 그리고 퇴근하신 어머니가 눈치채지 못하도록 말끔히 설거지를 하고 마른 행주로 잘 닦아 놓았다.

나는 어머니가 모를 거라고 생각했다.

하지만 꼬리가 길면 잡히기 마련…… 친구들과의 밥상이 풍성해질수록 냉장고엔 빈 흔적이 여기저기 남았다.

어머니는 이미 알면서도 모른 척 했는지도 모른다.

"현아, 낮에 집에서 뭐하니? 엊그저께 사 둔 달걀이 반이나 없어졌더라."

예상보다 크게 나무라지는 않았지만, 어머니는 내게 조용히 주의를 주었다.

"네가 보겠다고 받아 준 문제풀이집도 3주나 밀렸고 시험도 얼마 남지 않았는데 당분간 친구들 데려오지 말고 공부 좀 하렴."

청천벽력 같은 말이었다. 친구들과 떨어져야 한다는 것이 마음 아팠지만 그렇다고 어머니의 말을 무시할 수도 없었다.

친구들을 포기할 수 없었던 내가 택한 방법은, 어머니가 없는 시간에 친구들과 놀다가 어머니 귀가 시간에 맞춰 친구들을 돌려보내는 것이었다. 사적 통신 수단은 집전화와 공중전화가 유일했고 이웃집 전화를 빌려 쓰기도 할 때다. 어머니는 항상 퇴근하면서 집에 먼저 전화를 하고 오셨다.

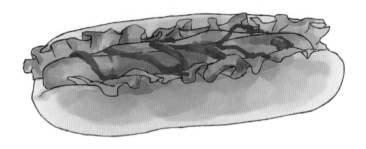

　그날도 친구 혜진이와 햄버거를 먹으며 놀고 있었다. 이미 나의 햄버거는 처음의 허접스러운 모양을 벗어났다. 계란 프라이가 추가된 두 번째 버전을 지나 냉장고 자투리 채소와 아버지 술안주용 수입 체다치즈가 추가된 세 번째 버전으로 옮아가고 있었다.

　그런데 사전에 전화도 없이 어머니가 집 대문을 여는 인기척이 났다. 나는 급하게 친구를 언니 방으로 데려갔다.

"혜진아, 미안한데 잠깐 저기 숨어 있으면 안 될까? 엄마한테 들키면, 나 이번엔 국물도 없어."

거기에는 피아노와 큰 책장이 있었는데 그 사이에 빈 공간이 있었다. 어른이 들어가기에는 비좁았지만 자그마한 여자아이가 들어가 숨기에는 제격이었다. (어디서 그런 생각이 났는지) 그곳에 친구를 숨기고 그 위를 대충 옷으로 가렸다. 그리고 시치미를 뗀 체 밥상을 펴고 공부하는 자세를 잡았다.

모든 것이 순조로운 듯했다. 평소라면 어머니는 내게 별일 없었는지 간단히 하루 일과를 묻고서 큰방으로 옷을 갈아입으러 갔다가 저녁 식사 준비를 하러 부엌으로 간다. 나는 그 찰나에 친구를 바깥으로 빼돌릴 생각이었다.

그런데 변수가 생겼다. 커튼 레일이 말썽이었다. 어머니는 언니 방으로 새로 바꿀 커튼 레일을 가져왔다. 기다란 은 빛 레일을 책장에 기대어 놓고 창틀 위를 살피기 시작했다.

나는 가만히 앉아서 어머니 동선을 유심히 살피며 눈치만 보고 있었다. 태연한 척 했지만 심장은 요동을 쳤다.

그 순간 책장에 세워 둔 커튼 레일이 넘어지면서 숨어 있던 혜진이의 머리를 쳤다. 깜짝 놀란 친구는 "아~" 외마디 신음을 냈고 그때 어머니는 친구의 존재를 보았다.

어머니는 침착하고 온화한 목소리로 "괜찮니? 어디 아픈 데는 없어?"라고 묻고서 친구를 집으로 고이 돌려보냈다.

그날 저녁, 나는 어머니에게 단단히 혼날 각오를 하며 숨죽이고 있었다.

'언제 호통을 치실까?'

책을 폈지만 글자가 눈에 들어오지 않았다.

그런데 어머니는 이 질문만 했다.

"현아, 친구가 그렇게 좋으냐?"

유년 시절의 트라우마, 짜장면 사건

짜장면이 표준어로 추가된 것은 불과 몇 년 전이다. 이전에는 자장면(아나운서와 아버지의 말)과 짜장면(나를 포함한 일반인의 말)의 발음 차이 때문에 불편한 경우가 더러 있었다.

지금은 문 앞까지 배달 가능한 음식들이 넘쳐나지만 당시는 중국집이 거의 유일했다.

우리 형제들은 아버지 친구분들이 바둑을 두려고 집에 오는 것을 좋아했다. 친구들을 자주 집으로 불러서 어머니에게 미안했던 아버지는, 어머니가 손님상 차리는 수고로움을 덜기 위해서 중국집에서 밥을 시키면서 우리들 것도 챙겨 주었다.

손님들은 주로 짜장 소스를 듬뿍 올린 볶음밥이나 잡채밥을 시켰지만 나는 항상 짜장면과 간짜장을 가지고 고민했다. 간짜장을 살포시 덮은 계란 프라이를 포기하기 쉽지 않았다. 지방에 살던 사람들이 서울로 와서 간짜장을 먹으며 배신감을 느끼는 것도 이 계란 프라이 때문이다.

아직도 짜장면과 관련된 그날 일을 생각하면 아찔한 기분이 든다.

당시 국민학교는 학생 수에 비해 교실 수가 적어서 저학년은 오전, 오후로 분반 수업을 했다.
세상 물정을 모르는 어리숙한 어린 학생들에게는 아리송한 시스템이었음이 분명하다. 오후반인데도 불구하고 오전반으로 착각하여 학교에 오는 친구들도 비일비재했다. 그런데 문제는 오후반인 줄 착각하여 오전반 수업에 오지 않는 친구들이었다. 그들은 그날 결석 처리되었다.

오전반일 때는 어머니 출근 시간과 내 등교 시간이 비슷하여 함께 준비했는데, 오후반일 때는 서너 시간 정도 여유 시간이 생겼다. 혼자 밥상 앞에 앉기 싫은 날은 친구들을 불러서 함께 점심을 먹고 학교로 향했다.
아주 가끔이지만 85번 버스 종점 앞 한일약국 이층 중국집에서 짜장면을 시켜 먹고 등교하기도 했다.

그날도 친구 두 명과 짜장면을 먹기로 했다. 중국집 주문에 능숙했던 나는 늘 하던 대로 전화를 했다. 목소리를 약간 깔아 어른 흉내를 내며 오백 원짜리 짜장면 두 그릇을 갖다 달라고 요청했다. 집주소도 또박또박 불러 주었다.

그런데 이제나저제나 기다려도 짜장면은 감감무소식이었다. 학교를 가야 하는 시간은 점점 다가오는데 걱정이 스멀스멀 밀려오기 시작했다. 그래서 친구들과 대충 집밥을 먹고 학교로 갔다. 수업 내내 선생님의 목소리는 귀에 들어오지 않았다.

'짜장면이 왔을까, 오지 않았을까?'

그러다 어느 순간부터 '중국집 주인이 주문을 잊었을 거야' 하는 자기 위안에 빠지면서 짜장면 걱정은 사그라졌다. 방과 후 운동장에서 친구들과 신나게 한판 놀다가 집에 돌아올 즈음에는 내 머리 속의 지우개가 그 짜장면 두 그릇을 완전히 지워 버렸다.

대문을 열고 들어갈 때까지는 별 생각이 없었다.
평상시와 다름없는 날이었다.

그런데 현관문을 열고 들어서는데 마루 끝에 다 불어 터진 짜장면 두 그릇이 얌전히 놓여 있었다. 그 순간 국민학교 2학년짜리가 감당하기에는 벅찬 걱정이 밀려왔다.

'세상에나 이 일을 어째.'

군것질로 가벼워진 내 호주머니에는 딸랑 3백 원이 전부였다.

어머니가 돌아올 때까지는 한 시간의 여유가 있었고 나는 그 사건을 들키고 싶지 않았다. 내가 해결하고 싶은 마음이 간절했다. 그래서 찬찬히 생각하고 또 생각했다. 그런데 생각할수록 잘못은 내가 아닌 그 중국집에 있다는 확신이 들었다.

'주문을 받고 두 시간 동안이나 배달해 주지 않은 중국집이 잘못한 게 아닌가.'

다시 중국집에 전화를 했다. 자초지종을 설명하고 "배달이 너무 늦었다, 사람도 없는 집에 짜장면만 두고 가면 어쩌냐, 불어서 먹을 수도 없다, 다시 가져가라, 먹을 수 없으니돈은 줄 수 없다……"

뭐 그런 내용이었다.

그런데 신기하게도 그 중국집 주인은 흔쾌히 자신의 잘못을 인정했다. 그리고 얼마 후 배달원이 와서 퉁퉁 불은 짜장면을 회수해 갔다.

"휴~"

사건이 모두 종료된 후 어머니는 돌아왔다.

그 짜장면 주문은 생애 최초의 트라우마[1]였지만 동시에 많은 것을 가르쳐 준 잊혀지지 않는 사건이다.

---

1. 원래 트라우마는 의학 용어로 '외상(外傷)'을 말하며, 심리학에서는 '영구적인 정신장애로 남는 충격'을 뜻한다. 이 책에서 사용된 것처럼 일상용어로는 트라우마로 인식될 정도로 "충격적이거나 인상적인 사건이나 일" 등에 비유적으로 사용한다.

이웃과 음식 나누기

어렸을 때는 옆집 문턱이 닳도록 쟁반에 음식을 날랐다. 이웃사촌이라는 단어가 일상적으로 사용되곤 했다.

우리 집은 구조가 재미있었다.

집을 둘러싼 네 면의 담 중 두 면은 길가에 붙었고, 뒷면은 고모네(뒷집)와 담벼락을 공유했으며, 나머지 한 면은 이웃집(옆집)과 공유했다. 그리고 모서리 한 부분이 또 다른 집(옆집과 뒷집 사이)과 맞닿아 있었다. 그리고 대문을 마주하고 동민이 집(앞집)이 있었고 이층에는 선영이 집 (윗집)이 있었다. 우리와 담벼락을 공유하는 집이 대략 대여섯이었다.

한 걸음이면 쉽게 이동할 수 있으니, 예닐곱 살 때부터 대문으로 옆집을 다니기 보다는 벽을 타고 가는 게 익숙했다.

집들이 다닥다닥 붙었으니 옆집에서 부부싸움을 하는지, 아이가 야단을 맞는지 이웃의 가정사도 훤히 알 수 있었다. 식사 때마다 담을 타고 넘는 음식 냄새 때문에 이웃집 밥상에 무슨 반찬이 오르는지도 훤할 수밖에 없는 구조였다.

셋째 며느리인데도 맏며느리 노릇을 했던 어머니는 손이 유달리 커서 음식을 준비하면 푸짐하게 만들었다. 또 먹을 게 조금이라도 생기면 이웃과 나누기를 주저하지 않았다. 정구지지짐(부추전의 방언)을 부치면 하얗게 잘 닦은 접시에 두세 장씩 담아서 밥보자기를 얌전히 덮어 주었다.

우리 동네는 세를 들어 사는 사람들이 유난히 많았다. 주인이 큰 공간에서 살고 나머지 공간은 모두 세를 주었다. 그러다 보니 들어오고 나가는 일이 잦았다. 새로 이사 온 이웃들은 빠지지 않고 붉은팥이 올라간 시루떡이나 노란 콩고물이 올라간 떡을 돌렸다.

그 떡에는 '앞으로 잘 봐주세요, 친하게 지냅시다'라는 소박하고 인간적인 정이 담겨 있었다.

그렇게 돌린 쟁반은 빈 채로 돌아온 적이 없었다. 깨끗이 씻고 닦아서 뭐라도 채워 돌아왔다.

'빈 접시만 떨렁 보내면 예의가 아니다.'

나도 어머니에게 그렇게 배웠다.

매일의 밥상에는 우리 집 반찬만 오르는 것이 아니라 이웃집 김치나 부침개, 별미들도 올랐다. 이웃사촌들과 오가는 음식에서 일상의 소소한 행복과 살아가는 재미가 있었다.

어렸을 적 동네 떡 돌리는 것은 내 담당이었으니까 늘 했던 일이지만, 20년이 지나 떡을 돌린 것은 첫째 언니 때문이었다. 국어 교사였던 언니는 다른 꿈을 좇아 직장을 그만두었다. 직장 생활을 하면서도 퇴근 후 작은 골방에 앉아 공인중개사 자격증과 조리사 자격증을 준비하느라 밤잠을 줄였다.

교사를 그만두고 몇 년간 특별한 직업 없이 지내던 언니가 어느 날 전화를 했다.

"현아, 나 이번 금요일에 부동산 사무실 개업해."

그러고는 "바쁘면 안 와도 된다"는 말을 덧붙였다.

나는 그 말이 반어법처럼 들렸다. 내 귀엔 '와 줬으면' 하는 마음을 강조한 것처럼 느껴졌다.

가보지 않을 수 없었다. 더 솔직한 마음은, 직접 가서 언니의 새 출발을 축하하고 싶었다.

일산에 있는 아파트 단지를 찾아갔다. 아파트 상가 1층에는 여러 개의 부동산이 줄지어 있었다. 언니가 알려 준 부동산 앞에 잠시 서 있다가 문을 열었다.

아주 낯선 광경이 눈앞에 펼쳐졌다. 언니와 어떤 연관도 찾을 수 없는 부동산 이름만큼이나 그 모습이 낯설게 느껴졌다.

작은 사무실 책상에 언니가 앉아 있었다.

이상했다.

언니는 반갑게 나를 맞았다. 동업자라는 아주머니와 잠깐 인사를 하고 책상 앞 의자에 앉았다. 의자 위에는 떡이 두 박스 가지런히 놓여 있었다.

'개업하는 날이라고 상가 사람들에게 인사하려고 비싼 떡을 맞춘 모양이다.'

언니와 나는 그 떡을 일회용 접시에 담아서 주변에 돌렸다. 마트도 가고 정육점도 가고 인테리어 집도 갔다.

"잘 부탁한다"는 말도 남겼다.

그렇게 떡을 모두 돌리고 잠깐 앉아서 얘기를 나눈 후 서울 집으로 가기 위해 광역버스를 탔다. 낮이라 버스 안은 사람이 드물었다. 창밖을 내다 보는데 이상하게 눈물이 하염없이 쏟아졌다. 내가 알던 언니의 모습이 아니었다.

6개월 후, 언니는 그 부동산을 동업자 아주머니에게 모두 넘겼다고 했다. 나는 마음 속으로 언니가 결정을 잘했다고 생각했다. 뭐라 표현하기는 힘들지만, 언니에게 맞지 않는 자리였다.

나중에 부동산을 그만둔 이유를 물었더니 이웃의 텃세가 만만치 않더라는 푸념을 들을 수 있었다.

영도 바닷가의 해산물 한 접시

40대 이상의 세대에게 영도는 삼천포라는 지
명만큼이나 익숙한 이름일지 모른다. 한국전쟁에 관한 이야
기에서 빠지지 않는 단골 소재였다.

북한군과 중공군에 의해 남쪽으로 후퇴한 피난민들은
부산 어딘가에 판자촌을 지어 살았고, 서울 유명 사립 대학
교들도 남쪽으로 이동하여 부산에서 천막을 치고 학문의 열
정을 불살랐으며, 전쟁통에 영도다리를 수없이 건넜다는 얘
기들……

그 이야기의 중심에 영도다리가 있었다.

예전에는 영도다리가 섬사람들과 세상을 연결하는 유일한 통로였다.

내가 자란 영도는 신석기 시대부터 인류가 살았던 흔적들이 많았다. 현재 해양대학교가 있는 아치섬으로 들어가는 입구 근처에서 동삼동 패총 유적지를 볼 수 있다. 지금도 태종대 해안가를 찾는 많은 사람들이 조개구이를 즐기는 것을 보면 영도 조개구이의 역사는 꽤 오래된 셈이다.

영도에 살던 내 친구의 아버지들은 대부분 블루칼라였다.

한번 배를 타고 나가면 몇 년씩 돌아오지 않는 원양어선 선원들이 많았는데, 간혹 큰 폭풍에 배가 좌초되어 친구 아버지가 목숨을 잃은 경우도 있었다.

사우디아라비아 같은 중동지역으로 돈을 벌러 가는 노동자들도 많았다. 그들은 목돈을 마련하기 위해 7~8년씩 집으로 돌아오지 않았다. 내 친구 어머니들은 그런 남편의 빈자리까지 메우며 열심히 자녀들을 뒷바라지했다.

또한 친구 아버지들은 영도 바닷가에 위치한 대기업 조선소에서 노동자로 일했다. 퇴근하는 그들의 푸른색 작업복에는 기름때와 땀 냄새가 진하게 베어 있었고, 어린 나조차 그들의 고된 하루를 충분히 상상할 수 있었다.

매일 아침, 잘 다린 하얀 와이셔츠에 넥타이를 메고 출근하는 내 아버지 같은 화이트칼라는 드문 동네였다.

블루칼라들이 많아서인지 바닷가 주변에는 육체적인 노동을 위로해 줄 허름한 선술집이 많았다. 그곳에는 퇴근하고서 아직 작업복을 벗지 않은 친구 아버지들이 해산물 한 접시에 소주 한잔을 기울이고 있었다.

내게 태종대는 앞마당 놀이터 같은 곳이었다. 무더운 여름날이면 이른 저녁을 먹고 가족들과 시원한 바닷바람을 맞았고, 자갈마당 근처 바다에서 형제들과 엉터리 개헤엄을 치며 놀았다. 배가 출출하면 단돈 몇 천원으로 싱싱한 해산물을 먹을 수 있었다.

지금처럼 외지 관광객들이 많지 않았던 동삼동 중리나 바닷가 근처에는 직접 물질하는 해녀들이 많았다. 그녀들이 바다에서 갓 건져 온 그물을 펼치면 그 속에는 성게, 소라, 멍게, 해삼 등 다양한 해산물들이 구색을 갖추고 있었다.

　붉고 네모난 플라스틱 쟁반에 해산물 한 접시와 초고추
장, 마늘, 풋고추, 쌈장, 나무젓가락이 대충 올려진 상차림
이었다. 바위에 걸터앉아 붉은 해가 바다에 걸린 광경을 구
경하며 입 안으로 퍼지는 달달한 소라 맛에 흐뭇한 미소를
지었다.

골목을 누비는 배달 음식들

우리 집은 산복도로의 중턱에 있었다. 집 아래 버스 종점을 중심으로 난 길을 동네 사람들은 아리랑 고개라고 불렀다. 전국 각지에는 '아리랑 고개'라는 지명이 간혹 있을 것이다. 너무 힘들어 울면서 넘어간다고 해서 그런 이름을 붙였다고 한다.

옛날에 영도 사는 가난한 아낙들이 부산 장날에 맞춰 지금의 범일동 진시장까지 해산물을 이고 가서 팔았다고 한다. 그런데 장에 가는 나룻배를 타기 위해서 이 힘겨운 아리랑 고개를 넘어야만 했다. 그냥 걷기도 힘든데 무거운 해산물을 이고 갔던 그녀들의 고된 삶이 느껴진다.

그 아리랑 고개를 지나 한참이나 가파른 길을 따라 걸어 올라야만 우리 집에 도착했다.

그렇게 높은 곳에 있는 우리 동네에도 이고 지고 음식을 팔러 다니는 사람들이 있었다.

11월 말부터 찬바람이 불고 밤이 길어지면 식구들은 큰방 아랫목에 모여 앉아 텔레비전을 보며 체온을 나눴다. 저녁상을 물린지 한참이 지나서인지 배는 이미 꺼지고 출출할 즈음 어머니는 간식거리를 준비했다.

지금은 24시간 전화 한 통만 하면 온갖 종류의 음식들이 문 앞까지 배달되지만 그때는 달랐다. 밤 12시 통행금지가 있을 때는 더더구나 밤에 사 먹을 수 있는 음식이 제한될 수밖에 없었다.

추운 겨울 밤, 10시가 되면 어김없이 들려오는 소리가 있었다.

"메밀묵 사려. 찹쌀떡~"

그 리드미컬한 소리에 귀를 쫑긋거리고 있으면, 긴 밤을 그냥 보내기가 아쉬워 누군가 찹쌀떡을 사 먹자고 제안한다. 아저씨가 지나칠까 봐, 잽싸게 천 원짜리 한두 장을 들고 부리나케 슬리퍼를 끌고 가면 여섯 식구가 먹을 만큼의 찹쌀떡을 살 수 있었다.

낮에는 아이스케키를 파는 아저씨의 목소리를 들을 수 있었다.

"아이스케키~, 아이스케키~"

아저씨는 나무로 만든 통에 시원하고 달콤한 빙과류를 넣고 다녔다. 그 통 속을 들여다보면 스티로폼처럼 보랭이 잘 되는 재질로 덮여 있었다.

우리들이 아이스케키라고도 불렀던 빙과류는 영어 '아이스케이크'의 일본식 발음이다. 무더운 여름 날 친구들과 한참 뛰어놀다가 먹는 이 얼음과자는 입안이 얼얼할 정도로 차가워서 더위를 싹 날려 버렸다.

그런데 왜 남자 아이들이 여자 아이의 치마를 들치는 것을 '아이스케키'라고 불렀을까?

내가 국민학교를 다닐 때는 그랬다. 남학생들이 여학생을 골리거나 관심을 끌기 위해 '아이스케키~'라며 치마를 들어 올리는 장난을 자주 했다.

배가 출출할 즈음 망개떡을 파는 아저씨의 목소리도 들을 수 있었다. 나는 망개떡보다 그 떡을 담아 다니는 통이 더 신기했는데, 속이 훤히 보이는 유리통 두 개를 긴 막대로 연결하여 어깨에 걸치고 다녔다.

각각의 유리통은 이단으로 되어 있는데 아래층에는 망개나무 잎에 싸인 찰떡이 가지런히 놓여 있었고, 위층에는 팥고물이 든 동그란 찰떡이 서너 개씩 꼬챙이에 꽂혀 나란히 정렬 되어 있었다.

한 꼬챙이씩 먹는 떡은 간에 기별도 안 갈 양이었 지만 아주 달콤하고 쫄깃 했다. 이상하게도 시장 좌판에서 먹는 떡과는 또 다른 재미가 있었다.

간혹 엿을 파는 아저씨도 수레를 끌고 왔다. 사실 엿을 판다기보다 고물을 가져가면 그 값어치만큼 엿으로 바꿔 주는 물물 교환 거래였다.

이 아저씨 때문에 혼나지 않은 친구가 있을까.

비싼 물건인지도 모르고 엿을 바꿔 먹기 위해 냄비, 주전자 같은 살림살이나 창고에 틀어박힌 골동품을 홀라당 아저씨에게 넘겨 버렸다. 그 대가로 돌아오는 것은 턱없는 양의 엿과 부모님의 꾸중뿐이었다.

새벽에는 재첩국을 파는 아주머니의 목소리를 들을 수 있었다.

"재첩국 사이소~ 재첩국 사이소~"

구수한 시골 아낙의 정겹고 투박한 목소리다. 어머니는 가끔 아버지의 해장을 위해 그 아주머니를 불러 세웠다. 아주머니는 빨간 고무 대야를 머리에 이고 한 손에는 커다란 스테인리스 찜통을 들고 다녔다. 뽀얗게 우러난 국물에 초록색을 띄는 재첩이 소담스럽게 담겨 있었다.

오후에는 고래고기 파는 아주머니의 목소리도 들을 수 있었다.

"고래고기 사이소~ 고래고기 사이소~"

인간과 같은 포유류라고 고래고기를 먹지 않았던 아버지 때문에 고래고기 파는 아주머니가 우리 집에 들른 적은 단 한 번도 없었다.

저녁밥을 준비하고 있으면 두부 파는 아저씨의 경쾌한 종소리를 들을 수 있었다.

"딸랑~ 딸랑~"

가끔 가게에서 두부나 콩나물을 빠뜨렸거나 아버지가 밖에서 저녁 식사를 하는 날에 적당히 된장찌개만 끓여 저녁을 먹을 때면 두부 파는 아저씨의 손수레가 유용했다.

그렇게 산복도로 끝 높디높은 곳에 자리한 우리 집 골목은 새벽부터 밤 늦게까지 온갖 종류의 음식을 이고 지고 파는 사람들로 심심하지 않았다.

복숭아와 알레르기

열 살이 되던 해 여름 전까지 나와 알레르기는 전혀 상관없는 듯했다. 나에게 그렇게 무서운 현상이 일어날지 전혀 예상하지 못했다.

그해 무더운 여름날, 이층에 사는 선영이가 복숭아 하나를 건넸다. 부슬부슬 털이 박힌 말랑한 백도였다. 평소에 복숭아를 좋아했고 무더위에 갈증이 났던 나는, 바로 계단에 걸터앉아 복숭아를 맛있게 먹었다.

그런데 채 한 시간도 지나지 않아 내 몸에서 이상한 반응들이 나타났다. 온몸에 붉은 두드러기가 홍역에 걸린 것처럼 돋아났고, 특히 얼굴과 입 주변은 손을 댈 수 없을 정도로 부어올랐다. 호흡도 점점 가빠졌다.

부모님과 나는 처음 겪는 이상한 증상에 어쩔 줄 몰랐다. 병원에 갔었는지는 기억이 나지 않지만, 어쨌든 하루가 지나자 차츰 증상이 가라앉는 것을 느꼈다.

왜 그런 증상이 생겼는지 처음에는 몰랐다. 식중독에 걸렸는지 의심했지만 확신할 수는 없었다. 그런데 비슷한 증상이 반복해서 나타났다.

복숭아 때문이었다.

그날 친구가 준 복숭아는 씻지 않은 상태였다. 지저분한 털이 알레르기를 유발하는 원인으로 작용한 것이다.

이후로 나는 복숭아를 만지거나 혹은 냄새만 맡아도 입 주변에 뭔가 스멀스멀 기어가는 것처럼 편치 않았고 이내 붉은 두드러기가 났다. 요즘 아이들이 각종 식품 첨가물 때문에 아토피나 천식으로 고생하는 것도 비슷한 현상일 것이다.

알레르기는 독일에서 온 의학 용어다. 어떤 종류의 물질을 먹거나 접촉할 때 보통 사람과는 다르게 드러나는 몸의 반응을 말한다. 주로 과민증, 재채기, 가려움증, 숨쉬기 곤란, 두드러기 등의 증상으로 나타난다.

재미있는 것은, 알레르기와는 다르게 반응이 없는 것도 있는데 이를 아네르기라고 부른다.

알레르기에 대한 인식이 부족했던 시기였다.

"자꾸 먹어야 낫는다. 억지로라도 한번 먹어 봐라."

주변 어른들은 먹어야 적응이 되어서 낫는다며 내게 '복숭아 먹기'를 부추겼다. 등에 떠밀려 여러 차례 시도는 했지만 결과는 매한가지였다. 나는 어느 순간부터 복숭아가 두렵기까지 했다. 그 후 복숭아를 입에 대지 않았다.

스무 살이 넘어 한동안 먹지 않았던 복숭아를 시험 삼아 먹어 봤다. 두드러기도 나지 않고 아무 이상이 없었다. 십 년의 시간이 흐르면서 복숭아에 대한 내 몸의 반응이 변한 것이다.

그럼에도 불구하고 나는 여전히 복숭아를 먹지 않는다. 호되게 당해서인지 복숭아를 보면 먹고 싶은 마음이 생기지 않는다. 음식은 맛도 중요하지만 심리적인 영향도 크게 작용하는 것 같다.

그런데 살다 보니 알레르기가 복숭아에만 있는 것은 아니었다. 내가 경험하는 주변의 많은 인간관계에서도 비슷한 면이 있더라.

나무랄 데 없는 사람이지만 나와는 이상하리만큼 잘 맞지 않는다거나 그럴수록 관계 회복을 위해 더 노력하지만 부작용만 심해지는 경우도 있었다. 어떤 때는 아무것도 하지 않고 기다리는 것, 시간이 약인 경우도 있었다.

인간관계에서는 알레르기보다 반응이 없는 아네르기가 더 심각한 상황일지도 모른다.

사람 사이에 무관심하거나 냉담한 관계처럼 피하고 싶은 것이 있을까?

첫 생리와 찹쌀떡

나는 언니들도 있었고 학교에서 관련 교육도 여러 번 받아서인지 생리(menstruation)라는 2차 성징이 그리 낯설지 않았다. '나도 언젠가는 하겠구나'라며 자연스럽게 여겼다.

그런데 예상했던 일이었음에도 불구하고, 국민학생인 내가 맞닥뜨린 첫 생리는 낯선 경험이었다. 몸에서 나오는 검붉은 피를 보며 두려움과 설렘이 공존하는 묘한 느낌을 받았다.

당황한 나는 저녁 밥상을 차리는 어머니에게 그 사실을 알렸다.

어머니는 "괜찮다"며 나를 다독였다.

식사 준비를 끝내고 잠깐 나갔다 돌아온 어머니의 손에는 검은 비닐봉지가 하나 들려 있었다. 어머니는 그 속에서 새하얀 찹쌀떡 하나를 꺼내 내게 내밀었다.

"축하한다, 우리 막내딸. 이제 어른이 되어 가는구나!"

어머니는 나를 위해 일부러 시장까지 가서 찹쌀떡을 사 왔다. 그때는 몰랐는데 나중에 어른이 되니 첫 생리의 느낌보다 그날 먹은 찹쌀떡이 두고두고 생각난다.

단순한 맛과 소박한 모양의 찹쌀떡에는 어머니의 마음이 달콤한 팥처럼 듬뿍 담겨 있었다.

가족 여행과 추어탕

　부모님은 젊은 시절부터 여행을 좋아했다. 앨범마다 부모님의 여행 이력을 보여 주는 흑백 사진들이 넘쳐났고, 집안 곳곳에는 대형 출력된 사진들이 액자에 담겨 벽면을 채웠다.

　내가 가장 좋아했던 사진은 아버지가 남자 중학교에 재직했을 때 학생들과 함께 속리산에 수학여행을 가서 찍은 단체 사진이었다. 그 사진 속 까까머리 남자 중학생들은 검은색 교복을 입고 '中'자가 박힌 검은 모자를 쓰고서 장난기 가득한 표정을 짓고 있었다. 학생들 오른편에는 당당한 모습의 아버지가 서 있었다. 백바지에 푸른색 점퍼를 걸치고 챙이 좁은 빨간 모자를 쓴 아버지는 40대 중반의 멋진 모습이었다. '현재 기봉이 오빠가 그 사진 속 아버지 연배일까?'

부모님은 부부 동반으로 자주 다녔다. 친지나 친구들은 물론이고 다양한 계 모임 소속 지인들과 전국을 누볐다. 아침 일찍 'OO행' 마분지 이름표가 붙은 단체 관광버스를 타고 갔다가 밤 늦게 같은 버스로 왔다. 돌아올 때는 빈손으로 오지 않았는데 손에 들린 물건을 보면 어느 지방을 갔었는지 대충 짐작이 갔다. 영 살 게 없으면 천안 호두과자 박스라도 들렸다.

이튿날 밥상에는 돌산 갓김치나 영광 굴비가 오르기도 하고, 어리굴젓이나 흑산도 돌김이 놓이기도 했다.

우리는 가족끼리도 자주 다녔다. 한번은 전라도를 두루 여행했는데 목적지 중 한 군데가 진안에 있는 마이산이었다. 말의 귀 모양을 닮았다고 붙여진 이름이다.

구불거리는 비포장도로를 따라 한참을 달리니 물안개가 낀 저수지가 나왔다. 그곳을 지나 조금 더 가니 마이산이 보였다.

흐리고 안개 낀 날씨 때문이었을까?

마이산의 첫인상은 신령스럽기까지 했다. 말의 귀처럼 쫑긋 솟아난 돌산은 감히 근접하기 힘든 당당함이 있었고, 산 아래는 인간이 만들었다고 믿기 힘들 정도로 정교한 돌탑들이 오랜 세월과 비바람에도 끄덕하지 않고 서 있었다.

날이 어두워지자 우리는 남원 시내에 도착하여 숙소를 찾았다. 커다란 여관방 하나에 여섯 식구가 옹기종기 둘러앉아 밤이 깊어질 때까지 이야기꽃을 피웠다. 초저녁 잠이 많았던 나는 어느새 식구들의 체온에 의지해 달콤한 잠에 빠졌다. 낯선 외지에서 가족들과 한층 가까워지는 느낌이었다.

이튿날 아침, 남원에서 춘향이 만큼 유명한 추어탕을 먹으러 갔다. 익숙하지 않은 음식이었지만 먹성 좋았던 나는 커다란 뚝배기에 밥 한 공기를 말아 곰삭은 고들빼기 김치를 올려 뚝딱 해치웠다. 속이 뜨끈해지고 든든했다.

추어탕에 들어간 산초가루나 들깨의 다소 강한 향이 나쁘지 않았다.

지금도 가끔 뜨끈한 국물이 생각나면 서울 시내 이름난 추어탕 집을 찾는다. 양은 냄비에 보글보글 끓여서 파김치를 곁들이는 추어탕은 맛있긴 하지만 그때 그 맛은 아니다.

내게 추어탕은 아마도 '가족의 든든함'이었던 것 같다. 이제는 추어탕이 아닌 추억탕이 되었지만…….

어머니에 대한 그리움, 아버지에 대한 추억,
그리고 유년 시절 나의 이야기가 밥상에 담겨 있다

우리는 밥상에 이야기를 담아 나누고 기억하며 공유한다. 소박한 '집밥'이 의미 있는 것은 그 속에 어머니에 대한 그리움, 아버지에 대한 추억, 그리고 유년 시절 나의 이야기가 함께하기 때문이다.

밥상에는 사람들의 인생과 세상 이야기가 담겨 있고, 계절과 시대의 변화가 녹아 있다. 동시대를 자란 또래끼리 같은 음식 문화를, 특정 지역민끼리 고유한 밥상 이야기를 공유한다.

단순히 생명 유지를 위해 밥을 먹는다면 밥상은 무미건조해질 것이다. 정성껏 차려진 밥상은 우리에게 즐거움을 주며, 우리는 밥상을 통해 사람들과 소통한다. 밥상은 우리 몸뿐만 아니라 마음을 건강하게 변화시키며 삶을 풍요롭고 행복하게 만든다.

'집밥'에는 음식만 있는 것이 아니라 우리 가족의 입맛과 성격, 취향도 고스란히 담긴다. '집밥'을 통해 부모의 성격과 식성을 보고 배웠기 때문이다. 그래서 밥상 교육이 중요한지 모른다.

하지만 대가족 개념은 사라졌고, 자녀 한둘을 두거나 1인 가족도 많아졌다. 자녀들은 학업이 우선이라 밥상에 앉을 시간이 거의 없다. 학원을 옮겨 다니며 잠시 짬을 내 먹는 편의점 삼각김밥과 컵라면이 일상이다. 또한 이어지는 외식과 배달 음식 때문에 집에서 음식을 만들어 먹는 것이 특별한 이벤트가 되었다. '집밥'을 먹더라도 바쁜 사람이 각자 먹는 것이 당연하고, 간만에 가족들이 함께 한 밥상에서도 스마트폰이나 텔레비전을 보며 자신만의 일을 하기 바쁘다.

식욕은 인간의 욕구 중에서도 가장 기본적인 욕구다. 나는 '슬픔보다 배고픔이 크다'는 것을 경험한 적이 있다. 아버지 장례식장에서 '배고프다'는 것을 느꼈을 때 고인에게 죄책감이 들었다. 그러나 시간이 한참 지나 그 상황을 회상해 보면, 억장이 무너지는 슬픔이나 고통 속에서 배고픔을 통해 삶의 의지를 되찾고 있음을 느꼈다.
친척들의 등쌀에 떠밀려 억지로라도 밀어 넣은 몇 숟갈의 육개장을 통해 사랑하는 사람을 떠나보내야겠다는 마음의 준비를 했으며 부정하고 싶던 현실을 서서히 받아들이게 되었다.

우리는 살면서 다양한 관계 속에서 많은 상처를 주고받는다. 그럴 때 친구의 따뜻한 말 한 마디가 위안이 될 수 있고, 성인이 쓴 한 줄의 글귀에 위안 받을 수 있고, 쓰디쓴 진한 에스프레소 커피 한잔에 마음을 기댈 수도 있다.

나는 유년 시절 어머니가 차려준 밥상이 생각난다. 냉장고에 넣어 둔 식어 빠진 김치찌개와 윤기가 사라진 오래된 반찬이나 전자레인지에 데운 즉석밥이 아니라, 누군가 나를 생각하며 정성껏 차린 밥상이 그리워진다. 어머니가 갓 지어준 따뜻한 밥 한 공기와 맛있는 찌개는 내 영혼을 위로해 주었다. 고단한 생활 속에서 내가 다시 일어나서 살아갈 힘이 되었다.

밥상은 단순히 식욕을 채워 주거나 끼니를 때우는 것뿐만 아니라 우리 영혼을 회복시키는 힘을 지녔다.

김현 金炫

디자이너, 기획자, 작가, 강사, 경영자 등 다양한 인생을 살고 있
다. 10대에는 디자이너의 꿈을 좇아서, 20대에는 경제적-정신적
으로 자립하기 위해서, 30대에는 '행복'이라는 화두를 진지하게
고민하면서 강물처럼 살았다. 그리고 40세가 되던 해 첫날, 의미
있는 삶을 위한 '희망목록'을 작성했는데 고단한 현대인을 위로
하는 이 책도 그 희망사항의 하나가 되었다.

서울여자대학교 산업디자인학과를 졸업하였고, 연세대학교 대
학원 생활디자인학과에서 시각디자인 전공으로 석사 학위와 고
려대학교 경영대학원에서 마케팅 전공 경영학석사(MBA) 학위
를 받았다.

오리온제과에서 신입사원 시절을 보낸 후 다음커뮤니케이션에 입
사하여 사용자경험디자인과 브랜드아이덴티티디자인 업무를 담
당하며 인터넷 벤처 열기를 온몸으로 느꼈다. 삼성SDS로 옮겨
제안전략기획과 사용자인터페이스기획 업무를 담당했고, 서비

스 로봇을 만드는 회사에서 디자인혁신팀 팀장으로도 근무했다.
2007년부터 사업체를 운영하면서 여러 프로젝트에 참여했다.
지은 책으로는 ≪디자인에 집중하라≫와 ≪소통혁명≫이 있다.
이메일 soulbabsang@gmail.com
페이스북 http://www.facebook.com/hera2030

그림 조민지

서울 양재고등학교 2학년에 재학 중인 꿈 많은 여고생이다.
다양한 장르의 책 읽기를 좋아하고, 군 복무 중인 오빠에게 그림
편지를 만들어 보내기도 하며, 가족을 위해 따뜻한 차를 끓이기
도 한다. 상상력과 호기심이 많은 평범한 소녀지만 사물을 관찰
하여 이를 그림으로 표현할 때가 가장 행복하다.
아직 학생으로서 여러 가지 미래의 모습을 그려보지만 현재로선
게임 원화가와 일러스트레이터가 되기를 꿈꾼다. 그 목표를 향
해 오늘도 한 걸음씩 나아가고 있다.

내 영혼을 위로하는
밥상 이야기

초판 1쇄 찍음 2013년 10월 1일
초판 1쇄 펴냄 2013년 10월 7일

기획·지은이 | 김현
그림 | 조민지
디자인 | 진새봄

발행처 | 오션북스
발행인 | 김현
편집·제작 | 뉴시안

출판신고 | 2012년 2월 13일 제25100-2012-000019호
주소 | 서울시 송파구 잠실동 175-12 올림픽타워 1511호
문의전화 | 02-412-5158
이메일 | oceanbooks21@naver.com
블로그 | http://blog.naver.com/oceanbooks21
페이스북 | http://www.facebook.com/oceanbooks21

ⓒ 김현, 2013. Printed in Seoul, Korea
ISBN 978-89-6942-000-8 03810